岩 波 文 庫

32-205-11

冬　物　語

シェイクスピア作
桒山智成訳

岩 波 書 店

Shakespeare

THE WINTER'S TALE

1610–11

目　次

グローブ座(ロンドン)

冬物語

登場人物

［シチリア王国］
リオンティーズ　シチリア王
マミリアス　シチリアの王子
カミロ　シチリアの貴族
アンティゴナス　シチリアの貴族
クリオミニーズ　シチリアの貴族
ダイオン　シチリアの貴族
ハーマイオニ　リオンティーズの妃
パーディタ　リオンティーズとハーマイオニの娘
ポーライナ　アンティゴナスの妻
エミリア　ハーマイオニの侍女
侍女一～三、貴族たち、従者たち、牢番、役人たち、水夫、紳士一、紳士二（ロジェロ）、紳士三（ポーライナの執事）

時　コーラス（説明役）

［ボヘミア王国］
ポリクシニーズ　ボヘミア王
フロリゼル　ボヘミアの王子
アーキデーマス　ボヘミアの貴族
羊飼い　道化の父、パーディタの養父
道化　羊飼いの息子
モプサ　女羊飼い
ドーカス　女羊飼い
オートリカス　ごろつき
（熊）、召使い、男女の羊飼いたち、「サターの踊り」の踊り手十二人

第一幕第一場〔シチリア王国〕

〔カミロとアーキデーマス登場〕

アーキデーマス　もしもカミロさん、今わたしが務めているのと同じようなお役目でボヘミアにいらっしゃることになれば、先ほど申しましたように、わたしたちのボヘミアとあなた方のシチリアとの大きな違いがおわかりになるでしょう。

カミロ　たしかこの夏、シチリア王はお返しにボヘミア王を訪問なさるおつもり。

アーキデーマス　わたしたちのおもてなしが恥ずかしいものになるとしても、愛の深さにおいておゆるしいただけるでしょう。と申しますのも――

カミロ　そんな、おやめください。

アーキデーマス　ほんとうです、わかっていることをそのまま申しているのです。

わたしたちにはできません、こんな壮大な――こんな稀有な――どう申せばよいのやら――みなさんには眠気を誘う飲み物をお出ししましょう。そうすれば至らぬ点にもお気付きにならず、称賛も非難もできなくなりましょう。

カミロ　差し上げたものに、多くを支払おうとなさりすぎです。

アーキデーマス　信じてください、自分の理解が命じるがままに正直に申しているのです。

カミロ　シチリア王がボヘミア王に親愛の情を示しすぎるということはありえません。幼少期、ともに学ばれたおふたりには、互いへの想いが深く根を下ろし、今や枝が伸びています。成熟した威厳や、王としてのご公務がおふたりを隔てて以来、ご交際は私的ではなくなったものの、贈り物や手紙、心のこもった大使が、ふさわしい代理を務めてまいりました。それゆえに、そばにいないにもかかわらず、ご一緒におられるかのようでした。広大な隔たりを越えて手を握り、真逆からの風が出会うがごとく、抱きしめ合っているように見えたものです。天がおふたりの愛情をお続けくださいますように。

アーキデーマス　変えてしまう悪意や物事など世の中にはないでしょう。あなた方には、言葉では言い表せない慰め、マミリアス王子がいらっしゃる。わたしが知る限り、もっとも将来を約束された紳士です。

カミロ　王子がもたらす希望についてはおっしゃる通りです。立派な御子で、臣下をまさに癒やし、老いた心を新鮮にしてくれます。お誕生前に杖を突いていた老人たちも、もっと長生きをして、成人したお姿を見てみたいと言っております。[1]

アーキデーマス　そうでないと満足して死ねないでしょう。

カミロ　生きていたい理由が他にもなければですが。

アーキデーマス　王にご子息がいらっしゃらなかったら、杖を突きつつもっと生きていたいと願ったでしょうな、おひとりお生まれになるまではと。[2]

［二人退場］

第一幕第二場〔シチリア王国〕

〔リオンティーズ、ハーマイオニ、マミリアス、ポリクシニーズ、カミロ登場〕

ポリクシニーズ　九度の月の満ち欠けを羊飼いは
目にしてきた、重荷を背負わずわたしが王座を
離れて以来。兄弟よ、わたしがきみに
謝意を示せば、同じだけの時が要る。
だがわたしは永遠に借りを作って、
去らねばならぬ。それゆえ豊かな数の中の、
ゼロのように桁を増やそう、「感謝する」
という一言で、これまで述べた何千もの

同じ言葉を。

リオンティーズ　謝辞はここを離れる時まで
とっておいてくれ。

ポリクシニーズ　王よ、それは明日（あす）なのだ。
怖れがわたしを悩ませる。凍てつく風は、
いまだ吹かずとも、何かが起こり、
あるいは育ち、「怖れがまさに現実に」と
言うことになるのではと。しかも長逗留で、
きみを疲れさせてしまった。

リオンティーズ　兄弟、わたしは
きみが思うよりもっと頑強だ。

ポリクシニーズ　もう留まれない。

リオンティーズ　もう七晩いてくれ。

ポリクシニーズ　誓って明日なのだ。

リオンティーズ　では七晩をふたりで分けて、半分いてくれ。

もう断るな。

ポリクシニーズ　お願いだ、そう迫らないでくれ。
動く舌など存在しない、この世には無い、
きみのものほどわたしを素早く口説ける舌は。
急を要する頼みなら、断るべきでも、
今も説き伏せられていただろう。国事がわたしを
故郷へと連れ戻すのだ。妨げられれば、
きみの愛でも鞭（むち）となる。ここに残れば、
きみに負担で迷惑に。そうならぬよう、
さらばだ、兄弟。

リオンティーズ　　舌回らぬか、妃。さあ申せ。

ハーマイオニ　黙っているつもりでした。留まらない、
という誓いを引き出されるまで。その攻め方は
冷たすぎますわ。おっしゃって、ボヘミアは
すべて順調、過日これを確かめたと。

こうお伝えすればこの方の固い守りも
崩れます。

リオンティーズ　よくぞ言った、ハーマイオニ。

ハーマイオニ　ご子息に会いたいとおっしゃるのなら、
それは強力。そうおっしゃってここを発(た)って
いただきましょう。お誓いになれば、留めるわけには
いきません。糸巻き棒で追い出しますわ。
〔ポリクシニーズに〕しかしながら思いきって一週間、
わたしは陛下をお借りしたく思います。
ボヘミアに夫を迎えていただく際には、
帰国の予定をひと月超えるゆるしを夫に
出しましょう。でもリオンティーズ、愛していますよ、
夫を思うどんな妻に、わずかの時も
負けぬほど。〔ポリクシニーズに〕残ってくださる？

ポリクシニーズ　いえ、お妃さま。

ハーマイオニ　①よろしいでしょ？

ポリクシニーズ　できません、ほんとうに。

ハーマイオニ　「ほんとうに」？
そんな軽やかな誓いでわたしを遠ざけようと？
誓いで星を天球から外そうとしても、
やはり言います、行ってはだめと。ほんとうに
行かないでください。女性の「ほんとうに」も
男性のものに負けはしません。まだ行くおつもり？
囚人としてあなたを留めてほしいのね、
客人ではなく。出る時に釈放料さえ
払えばいいし、謝辞も省ける。どうなさいます？
わたしの囚人、それとも客人？　あなたの怖い
「ほんとうに」で、どちらかに。

ポリクシニーズ　では客人に。
あなたの囚人とはあなたへの罪を意味します。

それはわたしには容易ではありません、
あなたが罰を与える以上に。

ハーマイオニ　看守ではなく、
優しいもてなし役になりましょう。聞かせてください、
幼い頃の夫やあなたの悪戯（いたずら）について。
かわいい御子だったのでしょう？

ポリクシニーズ　はい、お妃さま、
われわれふたりは、今日のような明日以外、
その背後にはないと思い、永遠の
少年であるつもりでした。

ハーマイオニ　夫の方が、
より腕白だったのでは？

（1）徐々にハーマイオニとポリクシニーズ、ふたりの会話になり、リオンティーズは参加していない。

ポリクシニーズ　ふたりはまるで双子の仔羊。太陽のもと
はしゃぎまわって、めえめえ鳴いておりました。
交わしていたのは無垢と無垢。悪事のことなど
つゆ知らず、悪事を働く者がいるなど
夢にも思いませんでした。あの日々を続け、
弱い心が強い血の気で大きく育つ
ことがなければ、天に向かって大胆にも
「無実」と答え、代々引き継ぐ罪[1]から
逃れていたことでしょう。

ハーマイオニ　わかりましたわ、
その後(ご)あなたは躓(つまず)かれたと。

ポリクシニーズ　ああ清きお方、
その後(ご)誘惑が芽生えました。羽生(はね)え揃わぬ
あの当時、わたしの妻はまだ少女、
優美なあなたも、わたしの幼き遊び相手の

目に留まっておらず。

ハーマイオニ　ありがたいおまけのお言葉！
もう結論はよろしいですわ、わたしたち妻が
悪魔だとおっしゃらぬよう。でも続けて。
負わせた罪の責任は取りましょう。
初めて罪を作った相手がわたしたちで、
ともにこの過ちを続け、他の誰とも
犯しておられないのなら。

リオンティーズ　説得はまだか？

ハーマイオニ　陛下、お残りに。

リオンティーズ　〔傍白〕おれの頼みではだめだった。(2)
最愛のハーマイオニ、おまえの言葉で

---

(1)　キリスト教における原罪のこと。最初の人類アダムとイブが神の命令に背いて、知恵の実を食べたことに起因し、人間が生まれた時から持つとされる。
(2)　この時代の演劇では傍白(脇台詞)は多用されたが、シェイクスピア作品を含め、当時

こんな成果は初めてだ。

リオンティーズ　初めて？

ハーマイオニ　一度以外。

リオンティーズ　わたし、二度もうまく話したの？　前はいつ？

ハーマイオニ　お願い、教えて。女性には褒め言葉を詰め込み、
家畜みたいに太らせて。舌で褒められず死ぬ
「善行」(1)は、そのお伴を千人、殺します。
お褒めの言葉はわたしたちの報酬ですから、
キスひとつで、一千ファーロング(2)、お乗せしますけど、
拍車では一エーカー(3)。いずれにしても、
私の二度目の善行は、ご滞在を
お願いしたこと。一度目は何？　「姉」にあたるのね、
誤解でないなら。ああ、その名が「恩寵」であれば！
わたしの話は前にも成果を上げたの？　いつ？
ねえ聞かせて、お願いだから。

リオンティーズ　それはあの時。
リンゴが酸っぱく腐るような三月(みつき)の後(のち)[3]、
おまえの白い手を開かせ、わたしが愛を
握らせた、あの時だ。おまえは言った、
「わたしは永遠(とわ)にあなたのもの」と。

ハーマイオニ　それは恩寵に
満ちているわ。二度も成果を上げたのね。
まずは永遠(とわ)に王を夫にし、次にしばらく
友を引きとめた。

リオンティーズ　〔傍白〕熱すぎる、熱すぎる。[4]

の出版テクストの多くではどれが傍白か、明示されていない。この台詞は傍白なのか、ハーマイオニたちに聞こえるように言っているのか、曖昧である。

（1）当時の演劇や詩には抽象名詞を擬人化する表現がしばしば見られる。
（2）一ファーロングは　約二〇一・一七メートル。
（3）一エーカーは約四〇四七平方メートル。

友情を交わしすぎると血も交わる。
おれの心臓は震えている。踊っているが、
喜びではない、喜びでは。このもてなしは
無垢な顔で、あたたかさや寛大さ、
恵み深さから自由闊達にふるまって、
女主人にふさわしい――よし、認めよう――
だが手のひらをいじったり、指をつねったり
――今のように――、鏡の前で作るような
笑みを浮かべたり、まるで死にゆく鹿のような
ため息をついたり、ああ、このもてなしを
おれの胸は好きになれん、額もだ。(1)
マミリアス、おまえはおれの子か？

マミリアス　はい、陛下。

リオンティーズ　よし。
よくぞ言った。どうした？　鼻を汚したのか？

みな、おれの鼻に生き写しと言う。おいで、隊長、
容姿(ようし)はきれいに。ようし？[2]　いや、外見(そとみ)と言おう。
だが去勢牛も、幼い雌牛も、仔牛もみな、
牛(うし)と呼ばれる。まだヴァージナル[3]を弾いている、
奴の手の上で。元気か、この腕白仔牛、
おまえはおれの仔牛か？

マミリアス　はい、お望みなら。

リオンティーズ　おれみたいになるには毛深い頭と角(つの)が　6
まだないがな。しかし人はおれたちを
ふたつの卵のようだと言う。女どもだ。
奴らは何でも口にする。だが奴らが

（1）当時、妻が浮気すると、夫の額に不可視の角が二本生えるという迷信があった。
（2）「牛」には角があり、前注の迷信を連想するので、リオンティーズはこの言葉に引っかかっている。原文では“neat”(きれい／牛)。
（3）撥弦鍵盤楽器。チェンバロの一種。

染めすぎた黒[1]や風や水のように不実でも、
おれのものを自分のものにしたがる輩（やから）の
サイコロのように不実でも、この子がおれに
似ていると言うことは正しい。おいで、
空のような青い目で見てくれ、かわいい悪党、
愛しい奴、おれの血肉。おまえの母が——
愛情め、おまえの狙いは中心を刺す。
可能だと思えないものを可能にし、
夢と言葉を交わし合い、——あり得るか？——
現実ではないものとともに働き、
「無」と付き合う。それなら何かとつながることも
十分あり得る。そして実際、やったのだ
——権限を超え——、そしておれはそれを突き止めた、
それで脳に病がうつり、額は角で
固くなった。

ポリクシニーズ　シチリア王は何をお思いに？
ハーマイオニ　どこか落ち着かぬご様子。
ポリクシニーズ　　　　　　陛下、いかがなさった？
リオンティーズ　どうしたのだ？　どうなさった、兄弟よ？
ハーマイオニ　　　　　　　　　　ひどく
お悩みの面持ちに見えますが、
お気に召さないことでも、陛下？
リオンティーズ　　　　　いや、大丈夫。
自然の情はいかにしばしばその愚かさや
優しさを露わにし、固い心の
気晴らしになることか。息子の顔を
見ていると、二十三年さかのぼり、

（1）この解釈には諸説あるが、主要なものは「布や染料の欠点をごまかすために何度も染めた色」の意だと思われる。

ズボンを穿かず、緑のビロードコートを着た
自分を見るかのようだった。短剣には
鞘が付いていた――飾り物によくあることだが――
持ち主を嚙む、危険なものとならぬよう。
いかにわたしは似ていたことか、この種、この豆、
この紳士と。〔マミリアスに〕まことの友よ、金だと言って
出された卵をきみは受け取るか？

マミリアス　　　いえ、戦います。

リオンティーズ　戦うか。幸せな男になる定めだな。
兄弟よ、今のわたしの姿のように、
きみも王子にぞっこんか？

ポリクシニーズ　　　ふたりでいると、
息子はわたしの鍛錬、喜び、重大事。
誓いを交わした友かと思えば次には敵、
たいこ持ち、兵士、政治家、すべてになる。

七月の長い日を十二月のように
短くし、子供らしい移り気で、血を
濃くする思い(1)を癒してくれる。

リオンティーズ　　　　　この従者(2)も
そうだ。われわれは散歩に出かけ、きみをより
厳かな歩みへと委ねよう。ハーマイオニ、
わが兄弟へのもてなしの中に、わたしへの愛を
見せてくれ。シチリアの高価なものも
安く思うのだ。おまえと若きさすらい人(3)の
次に、彼はこの心に近い。

ハーマイオニ　　　　　御用があれば
庭におります。お待ちしていてよろしいですか?

---

(1)　当時、憂鬱症は血を濃くすると考えられていた。
(2)　マミリアスのこと。
(3)　マミリアスのこと。

リオンティーズ　気の向くところにいるがいい。どこかはわかる、
空の下にいる限り。〔傍白〕おれは今釣りをしている。
どのように糸を垂らしているかはわからんだろうが。
なんてことだ、
奴に向かってくちばしを上げている。
何でもゆるす夫を持った妻の度胸で
自分の身を守りつつ。

〔ハーマイオニとポリクシニーズ退場〕

もう行ったのか。
たしかな厚みの、膝丈の、頭上の二股(ふたまた)。
〔マミリアスに〕さあ遊んでこい。母も遊ぶ。おれも遊ぶ、
〔傍白〕ただし不名誉な役回りでだ。(1) 結末では[7]
野次られ墓場に向かうのみ。侮蔑と罵声が
弔いの鐘だ。〔マミリアスに〕さあ遊んでこい。〔傍白〕信じてよいなら、
これまでも妻を寝取られた夫はいた。
多くの男が――まさに今、おれが話す今――

妻と腕を組みながら、思ってもいない、
留守の時に、妻の水門が開かれて、
お隣が自分の池で釣りをしたことを、
隣の微笑み閣下殿が。いや、それが慰め。
他の男も門を持ち、それは意思に反して
開いてきた——おれのように——。妻が背くと
絶望せねばならぬなら、人類の
十分の一は首を吊らねば。薬はない。
みだらな星が空に昇って人を打つ。
しかもこれは力が強い。よく考えろ。
東と西と、南と北から——これが結論——
腹を守るバリケードはない。覚えておけ、
腹は、袋や荷物を抱えた敵を出したり

（1）マミリアスに聞こえている可能性はある。一七頁の側注（2）や補注**6**を参照のこと。

入れたりする。われわれの内、何千人もが

この病を持ち、気付かないのだ。〔マミリアスに〕おいどうした？

マミリアス 陛下に似ているとみんな言います。

リオンティーズ それは安心。

おい、カミロ、そこにいるか？

カミロ はい、陛下。

リオンティーズ 〔マミリアスに〕遊んでこい、マミリアス、まことの男よ。

〔マミリアス退場〕

〔カミロに〕カミロよ、あの偉大なお方は留まられたな。

カミロ 陛下は錨（いかり）を下ろすのに苦労なさいました。

お投げになっても、戻るばかりで。

リオンティーズ 気付いたか？

カミロ 陛下のご依頼ではお留まりにならず、ご政務を

より重大におっしゃいました。

リオンティーズ わかったのか？

〔傍白〕奴らはもう気付いたのか。こそこそささやき
シチリア王は何々だと。そこまでいったか。
最後に味わうのが自分とは。〔カミロに〕カミロ、どうして
お留まりに？

カミロ　善きお妃さまのお願いで。

リオンティーズ　「妃の」はそうだ。「善き」も適切であるはずだ。
だが実際はそうではない。おまえ以外の
理解の早い連中ももうわかっているのか？
おまえの頭脳はものごとをよく吸収し、
普通の木偶(でく)より多くを吸い込む。気付いていない、
そうだろう、鋭い奴や、並外れた
頭を持つ数人以外は？　低能どもには
この件はおそらく見えていないのだな？　言え。

カミロ　「この件」ですか？　ほとんどの者が知っております、
ボヘミア王がお留まりと。

リオンティーズ　は？

カミロ　　お留まりと。

リオンティーズ　　そうだ、だがなぜだ？

カミロ　陛下のご希望、そして優美なお妃さまの
　お願いをお容れになるため。

リオンティーズ　　お容れになる？
お妃さまのお願いを？　お容れになる？
十分だ。カミロ、おれはこれまで政治だけでなく、
心にかかるすべてのことでおまえを信じ、
おまえは僧侶のようにこの胸を浄めてくれた。
悔い改めた者として、おまえの元から
立ち去ったものだった。しかしこれまで
その高潔さに騙されていた、そう見えたものに
　騙されていた。

カミロ　天にかけて違います、陛下。

リオンティーズ　くりかえす、おまえは誠実ではない、あるいは、
そういう気質があったとしても、臆病者だ。
「誠実さ」の膝の後ろの腱を切り、
進めなくする。そうでなければこう見なせよう、
おれの真摯な信頼に接ぎ木されたが
怠けている使用人、あるいは阿呆だと。
大きな賭けを最後まで目にしながら、
すべて遊びだと思っているのだ。

カミロ　　　　　　　　　　国王陛下、
わたしは怠慢、愚か、臆病かもしれませんが、
これらを免れぬ者などおりません。
この世には無限に行為がございますが、
陛下への務めの中で、時に怠慢、
愚かさ、怖れが表れぬ者などおりません。
わたしがわざと怠慢であったなら、

それはわたしの愚かさです。わたしがまじめに
阿呆を演じていたのなら、それは結果を
よく考えない怠慢です。行動を
起こさないと罰せられる結末になると
わかっていながら、怯えて何もしなかったのなら、
それは賢人でさえよく感染する
怖れです。陛下、これらは仕方のない
病であり、誠実な人間でも
免れ得ません。しかし陛下、もっと率直に
おっしゃって、わたしの過失を、その相貌を、
お教えください。否定できればわたしの過失
ではございません。

リオンティーズ　カミロ、おまえは見なかったのか？
——いや疑いなく見た。でなければその目の硝子(ガラス)は、
寝取られ夫の角より分厚く、鈍い——もしくは

聞かなかったのか？――これほどはっきり見えれば「噂」は
口をつぐめまい――あるいは思わなかったのか？
――思わなければ思考などない――おれの妻は
浮気女だと。正直に言え――さもないと
自分の目や耳や考えを堂々と
否定することになる――さあ言え、おれの妻は
尻軽女で、婚約前にせっせと励む
亜麻織り娘のようなひどい評判に
値すると。さあ言え、そして証明しろ。

カミロ　黙っておらず、すぐに復讐したことでしょう、
お妃さまの御名（みな）が誰かにそのように
曇らせられるのを聞いたなら。なんてことを！
これほど陛下らしからぬお言葉はない。
くりかえすことは同じくらい罪深い、たとえ
真実であれ。

リオンティーズ　ささやき合いは何でもないのか？
頬と頬とを重ねることは？　鼻の触れ合いは？
唇を開いたキスは？　ため息で
笑いを止めることは？——貞節を破った印だ——
足を絡め合うことは？　隅でこそこそ
することは？　時が早まり、時間は分に、
昼は真夜中にと願うのは？　奴らの目が
誰にも見られず乱れるために、奴らの目以外、
みな、白そこひになれと願うのは？　何でもないのか？
それなら世界は、そのすべては、何でもない無だ。
覆いかぶさる空（そら）は無だ。ボヘミアは無だ。
妻は無だ。無でさえこうした無は持たぬ、
これが何でもない無であるなら。

カミロ　陛下、その病（や）んだ
お考えをお治しください。しかも直ちに。

それはあまりに危険です。

リオンティーズ　　　でも真実だ。

カミロ　違います、陛下。

リオンティーズ　　　いやそうだ、嘘をつきおって。
カミロ、おまえは嘘をついている。嫌な奴だ。
おまえは野卑た田舎者、心なき下郎、
でなければ、ふわふわ漂う日和見だ。
善と悪を同時に見ながら、両方に
おもねる。妻の肝臓(1)が、あの生き方同様、
毒されているのなら、砂時計ひとつ分も、
命は続かぬ。

カミロ　　　誰が毒をお妃さまに？

リオンティーズ　あいつだ。妻を彫ったメダルを自分の首に

(1)　当時の生理学では情念を司る臓器と考えられていた。

下げるように、妻をまとうボヘミア王だ。
おれがまことの臣下を持ち、その目がおれと
同じようにおれの名誉を自分の利益、
損得と見てくれるなら、これ以上は
やれないようにしてくれるはず。そう、そして
おまえは奴にワインを注ぐ役——卑しい身から
おれが引き上げ、敬意の的へと育てた男、
天が地を、地が天を見るようにおれの苦しみが
見える男——、そのおまえが杯に
薬味を入れれば敵の目は永遠に閉じる。
その一杯はおれの薬だ。

カミロ　陛下、それは
可能です、すぐに効く一服ではなく、
ゆっくりと効き、毒のように悪意が露わな
発作は起こさぬ薬で。ですが信じられません、

お妃さまにそのような過失があるとは。
じつに王妃らしく、気高くあられます。
あなたをお慕いしてきましたが――
　　　　　　　　　　　疑ったまま、朽ち果てろ。

リオンティーズ
おれの頭が濁り乱れ、わざと自分に
この苦しみを与えているると思っているのか？
自分のシーツの純白を汚していると？
――純白を保てば眠りがあるが、汚れれば
追い立て棒(1)、イバラ、棘、ハチの針だ――
わざと王子の血に醜聞を与えるとでも？
――あの子は自分の子だと思い、愛している――
熟した理由もなく、そんなことをおれがするか？
そんなヘマを人はできるか？

(1)　家畜を追い立てるのに使う棒のこと。

カミロ　信じましょう。
信じて、ボヘミア王を消し去りましょう、
ただし、除いた時に陛下がお妃さまを、
新婚のように再び遇するならばです。
これは特にご子息のため。こうすれば
同盟諸国の宮廷での中傷の舌も
封じることができましょう。

リオンティーズ　その助言と
同じ針路を取ることをすでに考えていた。
妃の名誉は決して汚さぬ。

カミロ　では陛下、
お行きください。「友情」が宴でまとう、
晴れやかな顔で、ボヘミア王やお妃さまと
お接しください。わたしはワインを注ぐ役。
すこやかな飲み物を出せば、もう臣下だと

見なさずとも結構です。

リオンティーズ　　　これで決まった。
やれ。やれば、おれの心を半分やろう。やらねば
おまえの心がふたつに裂けよう。

カミロ　　　やります、陛下。

リオンティーズ　おれは友として振る舞おう、助言通りに。［退場］

カミロ　ああ、哀れなお妃さま。だがおれはなんという
立場に置かれたことか？　善きポリクシニーズを
毒殺せねばならぬとは。その理由は
ご主人への忠誠だ。そのご主人は、
自分で自分に反乱を起こし、臣下のみなにも
そうさせようとしているのだ。これをやれば
出世する。だが、聖油を塗られた王を殺して
繁栄した例を何千と見つけても、
おれはこれをやりたくない。そして真鍮や

石、羊皮紙にそんな例は見当たらないから、
邪悪な者でもやらないはずだ。宮廷を
離れるとしよう。これをやろうがやるまいが、
この首は折れる。幸運の星よ、世を統べてくれ。
ボヘミア王だ。

［ポリクシニーズ登場］

ポリクシニーズ　これは妙だ。ここでの好意が
歪み始めたように思える。話そうとしない？
やあ、カミロ。

カミロ　ご機嫌うるわしゅう、陛下。

ポリクシニーズ　宮廷の様子はどうだ？

カミロ　変わりありません。

ポリクシニーズ　シチリア王のお顔はまるで、ある領土を、
自分を愛するように愛した土地を失くした

ようだった。さきほどお会いした時に、
いつも通りに挨拶したが、視線を逆へと
漂わせ、軽蔑で唇を曲げ、
わたしからお離れになったので、
何が生じて、このように振る舞いが
変わったのか考えていた。

カミロ　わたしは知りたくありません、陛下。

ポリクシニーズ　知りたくない？　知らない？　知りつつ、知りたくない？
わかるように話してくれ。だってそうだろう、
自分が知っていることは知っているのだから、
知りたくないとは言えないはずだ。善きカミロ、
変化したその顔色はわたしの鏡、
自分の顔も変わったとわかる。きっとわたしが
この変化の一因なのだな、わたしのこの
変化から察すると。

カミロ　　　　　　　　かかった人の
心を乱してしまう病がございます、
病名は申せませんが。うつしたのは
健康なる陛下です。
ポリクシニーズ　　　どうしてわたしが？
わたしの目をバジリスクの目に(1)変えないでくれ。
何千人もを、この目で栄えさせたことはあれ、
誰かを殺したことはない。カミロ、おまえは、
疑いようのない紳士で、学者のような
見識もある。見識とは、後継ぎを
紳士にする親の貴い名と同じほど、
紳士の身分を飾るものだ。お願いだ、
もしおまえが、わたしが知るべきことを何か
知っているなら、無知の牢獄にそれを閉じ込め
ないでくれ。

カミロ　お答えはできません。
ポリクシニーズ　わたしから病がうつり、わたしは健康？
おまえに答えてもらわねば。聞いてくれ、カミロ、
名誉が認める、人の行為すべてにかけて
お願いする。その中でもこの頼みは
小さくはないはずだ。はっきりと
言ってくれ、どんな危害がわたしへと
這い寄っている？　どれほど離れて？　どれほど近くに？
可能なら、どのように防げる？　無理なら、
どのように耐えればいい？
カミロ　お教えします。
誉むべきと思うお方から、名誉にかけて
尋ねられたのですから。忠告をよく

（1）伝説上の生き物。蛇やトカゲのような姿を持ち、息や眼光で人を殺すとされていた。

お聞きください。聞くや否やすぐに実行
するのです。さもなければあなたとわたしは
破滅し眠りにつくことに。

ポリクシニーズ　続けろ、カミロ。

カミロ　わたしはあなたを殺す役目を与えられました。

ポリクシニーズ　誰にだ、カミロ？

カミロ　シチリア王です。

ポリクシニーズ　何の咎（とが）で？

カミロ　お思いです、いいえ、自信をもってお誓いに、
――その目で見たか、自分で手助けしたかのように――
禁断を犯してあなたがお妃さまに
お触れになったと。

ポリクシニーズ　もしそうなら、わたしのもっとも
善き血は汚れた固[1]まりとなり、この名はもっとも
善き人の裏切り者の名につながれろ。

わたしのもっとも新鮮で香り高い評判は、
もっとも鈍い鼻腔をも突く臭い(にお)へと変わり、
行く先々で、わたしは避けられればいい、いや、
憎まれるがいい、これまで知られ、読まれてきた
もっともひどい疫病よりも。

カミロ　　　天の星々や
その力にかけて誓っても、あのお方の
お考えは変わりません。あの愚行の
土台を誓いで取り除いたり、忠告で
揺り動かすより、海が月に従うことを
禁じる方が容易です。その礎(いしずえ)は
確信の上に積まれており、身体ある限り、
続くでしょう。

(1) イエス・キリストを裏切ったユダのこと。

ポリクシニーズ　なぜこんなことが生じたのだ？

カミロ　わかりません。たしかなことは、なぜかを問うより、
生じたものを避ける方がより安全だと
いうことです。質(しち)としてお持ちいただける
この身体に秘めた、わたしの誠実さを
信じていただけるなら、今夜ご出発を。
お付きにはわたしから耳打ちし、
二、三人ずつ、別の裏門を通って町から
お連れします。これを打ち明け、ここでは果てた
命運を、これからは陛下への
ご奉仕へと委ねます。さあ、迷いなく。
両親の名誉にかけて、申したことは
真実です。証拠が要るとお思いなら、
そのお手伝いはいたしかねます。ご自身も、
処刑宣告を王から受けた者と同様、

安全ではございません。

ポリクシニーズ　信じよう。

王の心はあの顔に見た。さあ、その手を。
水先案内人となってくれ、そうすれば
いつもおまえを隣におこう。船の準備は
できている。臣下たちは二日前に
出立すると思っていた。この嫉妬は
類まれな方に関するものだ。かけがえのない
お方なだけに嫉妬は強く、王の力ゆえ
激しくなるに違いない。そして友人と
公言してきた男に名誉を汚されたと
思うがゆえに、その復讐は厳しいものに
なるだろう。怖れがわたしに影を落とす。
迅速さがわが友となり、お妃さまの――
悪しき疑いに無関係なあの方の――

慰めともなりますように。行こう、カミロ。
わたしをここから生きて出してくれたなら、
父のように敬うぞ。ここを出よう。

カミロ　裏門の鍵はすべてわたしの指令で
開きます。陛下には一刻も
早く動いていただかねば。まいりましょう。

［二人退場］

第二幕第一場〔シチリア王国〕

〔ハーマイオニ、マミリアス、侍女たち登場〕

ハーマイオニ　あなたたちでこの子を見てて。困らせるから、耐えられないわ。8

侍女一　さあいらして、王子さま。お遊び相手になりますよ。

マミリアス　きみはいや。

侍女一　どうしてです、王子さま？

マミリアス　キスをきつくしすぎるし、ぼくがまだ赤ちゃんみたいに話すもの。きみの方が好き。

侍女二　どうしてです？

マミリアス　眉がもっと黒いから
じゃないよ。[9]でも黒い眉がぴったりの
女の人もいるんだって。眉毛が濃すぎず、
ペンで半円か半月の形を作って
いればだけど。

侍女二　どなたがそれをお教えに？

マミリアス　顔を見ていてわかったんだ。ねえ教えて、
きみの眉は何色なの？

侍女一　青ですよ。

マミリアス　からかわないでよ。青い鼻[10]の女の人なら
見たことあるけど、眉毛はないよ。

侍女一　よろしいですか、
お母君のお腹は丸みを帯びてきて
おられます。じきにわたしたちがこの御子に
お仕えしだすと、きっとまた遊んでほしく

なりますわよ。

侍女二　ここのところ大きなお腹に
なられました。良き時が訪れますように。

ハーマイオニ　何か賢いお話かしら？　さあ、いらっしゃい、
わたしがまたお相手しましょう。横に座って、
お話をして。

マミリアス　楽しいのがいい？　悲しいのがいい？

ハーマイオニ　できるだけ楽しいのを。

マミリアス　冬には悲しい話が一番なんだよ。お化けや
いたずら鬼の話があるよ。

ハーマイオニ　それを聞かせて。
さあ、ここに座って、さあ。あなたのお化けで
怖がらせてみせて。あなた上手だもの。

マミリアス　ある男がおりました。

ハーマイオニ　さあ、座ってからよ。

マミリアス　教会墓地のそばに住み――静かに話すね、コオロギたち(1)に聞こえないように。

ハーマイオニ　　　　　　わかったわ。

耳元で聞かせてちょうだい。

〔リオンティーズ、アンティゴナス、貴族たち、従者たち登場〕

リオンティーズ　〔貴族に〕そこで会ったのか？　従者にもか？　カミロも一緒か？

貴族　松林の裏で彼らに会いました。

あれほど急ぐ人を見たことがございません。

船に乗るのを見届けました。

リオンティーズ　　　　　なんたる恵みか、

正しい判断、正しい意見を持つことは！　ああ、

これほどわかりたくはなかった！　恵みの中の

なんたる呪いか。杯の中に、蜘蛛(くも)が一匹

潜んでいる。誰かがそれを飲み干し、立ち去る。

しかし毒は回らない。認識が
侵されていないからだ。だが、そのおぞましい
成分を目の前に出され、何を飲んだか
知らされれば、激しく嘔吐し、喉と脇腹を
引き裂くだろう。おれは飲み、蜘蛛を見た。
カミロは奴の手引き、取り持ちだったのだ。
これは命と王冠を狙う陰謀だ。
疑いはすべて正しかった。あの悪党[2]を
使おうとしたが、すでに奴に使われていた。
あいつはおれの狙いをばらし、そしておれは
苦しめられ続ける。そう、奴らに好きに
遊ばれる、ただの玩具だ。なぜ裏門は

(1)　侍女たちのこと。
(2)　カミロのこと。

たやすく開いた？

貴族　カミロの力によってです。これまで陛下のご命令と同じほどの権限を持ってきましたので。

リオンティーズ　よくわかっておる。〔ハーマイオニに〕その子を渡せ。おまえの乳で育たずよかった。おれの印はいくつかある。だがおまえの血も多く混じっているとは。

ハーマイオニ　何かのお遊び？

リオンティーズ　その子を連れ出せ。この女に近づけるな。連れて行って、こいつは大きな腹の中の子と遊ばせておけ。〔従者はマミリアスを連れて退場〕〔ハーマイオニに〕なぜならおまえを膨らませたのはポリクシニーズだからだ。

ハーマイオニ　いえ、そんなことは

してておられません。きっと信じてくださると
誓って言えます。否定なさろうとしていても。

リオンティーズ　諸卿、
こいつを見ろ。よく見てから、言おうとしてみろ、
「美しいご婦人だ」と。するときみたちの
心の正義はそこに追加するだろう、
「誠実で、名誉ある人でないのが残念だ」と。
褒めてみるがいい、こいつのこの外見を。
――これは賛辞に値しよう――だが、そうなるとすぐに
肩すくめや、「ふん」や「はっ」が――「中傷」が
使うこういった烙印が――おっと違った、
「慈悲」が使うだ、「中傷」なら焼き焦がすのは
美徳そのもの――、肩すくめや、「ふん」や「はっ」が
割り込んでくる、「美しい」と言った後、
「誠実だ」と言う前に。これをもっとも

嘆かねばならぬ男から知るがよい、こいつは
不貞の女だ。

ハーマイオニ　誰か悪人がそう言ったなら、
世界中でもっとも酷いその悪人は、
さらなる悪人となりましょう。陛下は何か
お間違えです。

リオンティーズ　そちらこそお間違えだ、
ポリクシニーズをリオンティーズだと。ああ、この――、
おまえの地位にある人間をそうは呼ぶまい。
野蛮な奴らが、おれを前例とし、こうした
言葉をどの階級の者にも使い、
王侯と乞食を隔てる、礼に適った
区別を省いてしまわぬように。おれは言った、
こいつは不貞の女だと。誰とかも言った。
もっとだ。こいつは謀反人。そしてカミロは

こいつと組んだ共犯で、知っていたのだ、
卑劣な主犯がいなければ、こいつ自身が
知って恥に思うこと、つまりこいつが
浮気者で、下郎がひどい名で呼ぶ女
ほど悪く、そう、そしてこの逃亡も
知っていたことを。[11]

ハーマイオニ　違います、命にかけて
知りません。たしかなことがおわかりになれば、
お悲しみになられましょう、こんな風に
わたしを糾弾されたことを。わたしの名誉は
もとに戻せなくなります、後で間違いだったと
おっしゃっても。

リオンティーズ　いや、根拠となるこの土台が
間違っているなら、宇宙の中心たる
地球には、子供の独楽（こま）を支えるほどの

広さもない！　連れて行け、牢獄へ。
こいつのために何か言いたい奴も、言うだけで、
同罪だ。

ハーマイオニ　悪しき星が今、世を統べている。
耐え忍ばねば。天がもっと優しい顔で
見てくださるその時まで。善きみなさま、
わたしは普通の女性のように泣くことには
慣れておりません。むなしい滴（しずく）がないことが
哀れみの情を乾かすかもしれませんが、(1)
ここには清い悲しみが燃えています、
涙で溺れるよりもなお辛く。どうかみなさまの
慈悲が示す最良のお考えで、
わたしをお量りください。その上で
王の御心（みこころ）も為されますように。

リオンティーズ　聞こえぬか？

ハーマイオニ　ともに行くのは誰ですか？　陛下、どうか
侍女たちをお付けください。ご存知の通り、
この身体には必要ですから。泣かないで、
お馬鹿さん、理由がないわ。女主人が
牢獄にふさわしいとわかった時に
釈放されたりすれば、泣くのです。この行いは、
天の恩寵をよりいただくため。〔リオンティーズに〕さようなら、
悔やまれる姿を見たくはなかった。でも
そうなるでしょう。侍女よ、来て、おゆるしが出たわ。

リオンティーズ　行け、命令通りにしろ。さあ。

〔ハーマイオニと侍女たち、従者に連れられて退場〕

貴族　陛下、お妃さまをお呼び戻しください。

アンティゴナス　ご再考を、陛下の正義が暴力となり、

（1）おそらく「自分の胸」の意。

ご自身、お妃さま、ご子息のお三方が
苦しまれることにならぬよう。

貴族　お妃さまに
ついては命をかけて誓えます。差し出しますので
お受け取りを。お妃さまには、天から見ても、
陛下に対し染みひとつございません。
このお咎めに関してです。

アンティゴナス　そうではないと
判明すれば、わたしは厩(うまや)に妻を住まわせて、
紐(ひも)で自分にくくり付け、触(さわ)り、目に見える
以上には妻を信用いたしません。
世の女はみな、その身体の一インチ[1]、そう、
一ドラム[2]でさえ不実です、お妃さまが
そうであるなら。

リオンティーズ　口をつぐめ。

貴族　お聞きください。

アンティゴナス　われわれではなく陛下のために申します。
騙されておいでです、地獄堕(お)ちになるであろう
悪い策士に。誰かわかれば、地上で地獄を
見せてやりたい。お妃さまに非がおありなら——
わたしには娘が三人、上は十一、
次女と三女は、九(ここの)つと、五つかそこら——
事実ならみなに償わせます。名誉にかけて、
子を産めなくし、十四(じゅうし)になっても、不義の世代を
作らせません。三人みな、相続人です。
しかし子孫は要りません、娘たちが
正当な子を産まないならば。

(1)　二・五四センチメートルに相当。もっとも短い、長さの単位。
(2)　三・八八八グラムに相当。もっとも小さい、重さの単位。

リオンティーズ　やめろ、もうよい。
死人の鼻のような冷たい嗅覚で
この件を嗅ぐのだな。だがおれは目にし、感じた、
こうすれば(1)おまえたちも感じ、そして
感じたものを見られるようにな。

アンティゴナス　そうであれば、
誠実な人の墓は不要です。こやしまみれの
大地の顔を甘くしてくれる誠実さは
もうないのです。

リオンティーズ　何、信用しないのか？

貴族　これについては陛下より自分を信用
しとうございます。お疑いより、お妃さまの
名誉の方が真実であればと思います。
どれほど陛下に責められようとも。

リオンティーズ　おまえたちと

話し合う必要などない。わたしを動かす[2]
強い思いに従うだけだ。わが大権には
忠告など不要だが、善良さゆえに
これを伝えた。おまえたちが鈍くなったか、
そう見せているだけなのか、真実を
わたしのように味わえないか、味わおうと
しないなら、よく聞け。助言はもういらん。
この件は、その利害も対処もすべて
わたしのものだ。

アンティゴナス　願っております、陛下が静かに
裁きを下され、これ以上、公(おおやけ)には

---

(1)　アンティゴナスや貴族、あるいは自分自身の顔や髭を触ったり、引っ張ったりする動作が考えられる。

(2)　この台詞ではリオンティーズは、おそらく自らの権威を高めるために、一人称 "I" ではなく、王が用いる一人称複数 "we" ("royal we" と呼ばれる用法)を使っている。

なさらぬことを。

リオンティーズ　そんなことができようか。
おまえは歳を取って極めて愚かになったか、
馬鹿に生まれたか、そのどちらかだ。カミロは逃げた、
これと、ふたりの親しさを一緒にしてみろ。
かつて疑念を生んだことの中でもっとも
明らかだ。見てはいないが、立証には
目撃以外、不足なく、状況証拠は
奴らの行為を示している。だからこのように
進めているのだ。だが確証を得るために
——このような重大事で思慮に欠けると、
嘆かわしいことになるゆえ——聖地デルフォスの
アポロ神殿[12]にクリオミニーズとダイオンを
急いで送った。ふたりの資格が十分なのは
知っての通り。神託によって彼らはすべてを

明らかにする。聖なる助言がおれを止めるか、
拍車をかけるか、そのどちらかだ。見事だろう?

貴族　お見事です。

リオンティーズ　自分にわかっていることでおれは満足しており、
それでもう十分だ。だが神託は
他の者を安心させよう。そいつ(1)のように
無知で騙されやすく、真実を認めたがらぬ
輩をだ。そしてわたしはあの女を遠ざけ、
閉じ込めておくのが良いと考えた。
ここから逃げた、あのふたりの陰謀を、
続けて行わせぬためにだ。さあ、ついてこい。
公の場でこの話をしてみよう。これは
きっとみなをびっくりさせるぞ。

---

(1)　アンティゴナスを指している。

アンティゴナス　〔傍白〕そして大笑い、
真実がわかったならば。　〔一同退場〕

第二幕第二場　〔シチリア王国〕

〔ポーライナ〔と従者たち〕登場〕

ポーライナ　牢番を呼んできなさい。わたしが誰か
知らせるのです。　〔従者退場〕
お妃さま、ヨーロッパの
どの宮廷もあなたにはもったいない。
牢獄など問題外。

〔牢番登場〕

あなた、わたしを
ご存知でしょ。

牢番　立派なご婦人、そしてわたしが
たいへん尊敬するお方。

ポーライナ　ではお願い、
お妃さまへと案内を。

牢番　それはできません。
逆の命令を厳しく受けておりますので。

ポーライナ　何たる騒ぎ。「誠実」と「名誉」(1)を閉じ込め、
無害な客から遠ざけるなど。法に合うかしら、
侍女の誰かに会うことは？　エミリアは？

牢番　このお付きの方々を

（1）「誠実で、名誉あるハーマイオニを」の意。一九頁の側注（1）でも言及した通り、当時の台詞にはこうした抽象名詞の用法が多い。

下がらせていただければ、エミリアを連れて
まいりましょう。

ポーライナ　ではお願い、連れて来て。
〔従者たちに〕あなたたちは下がりなさい。　〔従者たち退場〕
そして奥さま、

牢番　わたしも立ち会わねばなりません。

ポーライナ　ではどうぞ。さあ。　〔牢番退場〕
なんたる騒ぎ。染みなきものを、染め付け以上の
染みにするとは。

〔牢番とエミリア登場〕

ああ、あなた、お妃さまは
いかがお過ごし？

エミリア　ご無事です、あれほど高貴であれほど不幸な
お方としては。優美な女性がこれまで耐えた

ことのない大きな怖れと悲しみの中、
予定の時より早くご出産なさいました。

ポーライナ　男の子？

エミリア　　女の子です。かわいい赤子で、
生きる力に満ちています。お妃さまは
この子から強い慰めを得て、おっしゃいます、
「かわいそうなわたしの囚人、わたしもあなたと
同じくらい罪はない」と。

ポーライナ　　その通りです。
王のこの危険な狂気、いまいましい！
誰かがお諫めしなければ――その仕事は
女性に向いている――わたしがやりましょう。
甘い話をすれば、この舌は水膨れとなり、
真っ赤な顔の「怒り」のためのラッパ吹きには
もう二度とならなくていい。お願い、エミリア、

忠誠をお誓いしますとお伝えして。
小さな赤子をわたしに委ねていただけるなら、
陛下にお見せし、声の限り、お妃さまの
弁護をさせていただきます。お子さまを
ご覧になれば心が和らぐかもしれない。
言葉が力を持たぬ時、純粋無垢な
沈黙が人を動かすのです。

エミリア　　　立派なお方、
あなたの名誉も善良さも明らかですから、
そのようにしていただけるなら、大きな成果を
生まないはずがございません。今生きている
女性の中で、この大役を果たせる方は
他におりません。隣のお部屋へ。お妃さまに
この貴いお申し出をすぐお伝えしましょう。
今日同じことをお思いでしたが、断られる

かもしれないと、高貴な方にもご依頼は
されませんでした。

ポーライナ　エミリア、お伝えして、精一杯
舌を使ってまいりますと。勇気が胸に
あふれるように、知恵が舌に流れれば、きっと
お役に立てます。

エミリア　天のご加護がありますように。
お妃さまにお伝えします。近くのお部屋へ。

牢番　奥さま、お妃さまが赤子をお出しになれば、
わたしがどんなご不興を買うかわかりません。
許可を受けておりませんので。

ポーライナ　怖れることは
ありません。この子は子宮の囚人でした。[13]
偉大な自然の法と力で、今はそこから
解き放たれ、自由の身になったのです。

陛下の怒りとは無関係。お妃さまに
過失があったとしても、その子に罪はありません。
牢番 そう信じましょう。
ポーライナ 怖れてはなりません。名誉にかけて
わたしがあなたと危険の間に立ってあげます。
〔一同退場〕

第二幕第三場〔シチリア王国〕

〔リオンティーズ、従者、アンティゴナス、貴族たち、登場〕

リオンティーズ 昼にも夜にも休息がない。これは弱さだ、
このように耐えているのは。単なる弱さだ。
もし原因がなくなれば——その一部でも
——つまりあの不貞の女だ。みだらな王[1]には

手が届かず、この頭脳の的や狙いから
外れていて計略は効かぬ。だがあの女は
おれのもとに連れ出せる。火にあぶられて、
あいつが去る、すると休息の半分が
おれに再び訪れる。誰か？

従者　　はい、陛下。

リオンティーズ　息子はどうだ？

従者　　よくお休みです。病が去れば
良いのですが。

リオンティーズ　あれの気高さがよくわかる。
母親の不名誉を理解すると、
すぐにうつむき、うなだれ、それを深く受け止め、
この恥を自分の中にしっかり据えて、

(1)　ポリクシニーズのこと。

快活さ、食欲、眠りを打ち捨て、
そのままやつれてしまった。ひとりにしてくれ。行け。
あれの様子を見て来い。

〔従者退場〕

ええい、もう奴のことは
考えまい。復讐を考えれば、
おれに跳ね返る。奴自身があまりに強く、
同盟諸国も味方にいる。時が来るまで
奴はそのままにしておこう。今、復讐は
あの女に向ける。カミロとポリクシニーズは
笑っている、おれの悲しみを気晴らしにして。
笑わせせんぞ——あの女もだ——、ひとたびおれの
力が奴らを捉えたなら。

〔ポーライナ〔赤子を抱えて〕登場〕

貴族　〔ポーライナに〕来てはなりません。

ポーライナ　いいえ、みなさん、むしろお助けを。お妃さまの
お命ではなく、王の暴虐を怖れるのですか？
優美で無垢なお方ですから、王の嫉妬とは
無関係で、潔白です。
アンティゴナス　もうやめておけ。
従者　今夜はまだお休みではなく、誰も通すなと
お命じです。
ポーライナ　そんなに熱くならないで。
眠りを届けに来たのです。あなた方は、
影のように王に這い寄り、王が無用に
呻(うめ)くたびにため息をつく。あなた方こそ、
不眠を育てているのです。わたしは薬と
なり、真実かつ誠実な言葉とともに
まいりました。眠りを追いやるご気分から、
王を洗い清めるためです。

リオンティーズ 何の騒ぎだ？

ポーライナ 騒ぎではなく、名付け親について必要な話をしにまいりました、陛下。

リオンティーズ 何？

その生意気な女を追い出せ。アンティゴナス、命じたはずだ、こいつを近くに連れて来るなと。わかっておった。

アンティゴナス 陛下、そのように伝えました。ご不興ならびに、わたしの怒りを買わぬよう、来てはならぬと。

リオンティーズ おまえ、こいつを御せぬのか？

ポーライナ 不正についてならできるでしょう。この件では陛下がお取りになった道を夫も取り、誉れある行いを罰さぬかぎり、御することはできません。

アンティゴナス　ほら、お聞きの通り。これが手綱を取る時には、走らせるしかありません。転びはしませんから。

ポーライナ　善き陛下、まいりましたのは――お聞きください。わたしは陛下の忠実なしもべ、医師、従順な相談役を公言する者。陛下の悪を諌める時には、見せかけの忠臣より、そう見えずとも構いません――まいりましたのは、善きお妃さまのもとからです。

リオンティーズ　善きお妃？

ポーライナ　善きお妃さま、善きお妃さまと申しています。決闘してでも証明しました、男であれば。最低の家臣だとしても。

リオンティーズ　つまみ出せ。

ポーライナ　目を粗末にしてもよい人からわたしにお触りなさい。(1)自分から出て行きます。でもお使いをまず済ませましょう。善きお妃さま、あの善きお方は、女の御子をお産みになり
――さあここに〔赤子を置く〕――ご祝福をとのこと。

リオンティーズ　出て行け！　男のようなこの魔女め！　追い出せ、外へ！
こそこそ動く女衒（ぜげん）めが。

ポーライナ　違います。
そうおっしゃるご自身同様、何のことだかわかりません。ただ誠実なだけです、陛下がお狂いなのと同じくらい。それは誠実として通るに十分です。

リオンティーズ　裏切者ども、
追い出さんか！　この私生児をあいつに渡せ。

〔アンティゴナスに〕おい老いぼれ、尻に敷かれて、メンドリに小屋を奪われたな。拾え、私生児を。拾えと言うのだ。渡せ、おまえの皺くちゃ婆に。

ポーライナ　〔アンティゴナスに〕永遠にあなたの手は呪われるでしょう、陛下によって押し付けられた卑しさゆえに、王女さまを拾い上げたら。

リオンティーズ　こいつは妻を怖がってるぞ。

ポーライナ　陛下もそうなさればよいのに。きっと御子をご自分のものとお呼びになるはず。

リオンティーズ　裏切者ども！

アンティゴナス　この善き光[2]にかけて違います。

---

(1)　誰かが彼女に触れれば、その目を攻撃をするということ。

(2)　神の光、あるいは太陽神アポロの光。当時の半野外劇場上演のライブ感にもつながる台詞。

ポーライナ　　　　　　　　　　わたしも、ここに
いる人々もみな違います、陛下を除いて。
ご自身、お妃さま、希望ある王子、赤子、
全員の聖なる名誉を、剣より鋭い
針を持つ「中傷」にさらし――今のところ
いまいましくも動かされず――自分の意見の
根っこを取り去ろうとはされないのです。
しかしそれは腐っています、カシの木や石が
固いのと同じぐらいに。
リオンティーズ　　この売女(ばいた)！
際限のないその舌で夫を殴り、
今度はおれに嚙みつくか。このがきは
おれの子ではない。ポリクシニーズの子種なのだ。
これをここから持って行き、母親もろとも、
火あぶりにしてしまえ。

ポーライナ　　　この子は陛下の御子。
古いことわざをあてはめさせていただくなら、
「似ているだけにより悪し」[1]です。みなさん、ご覧を。
活字は小さいにもかかわらず、全体は
父親を紙に刷ったかのよう。目、鼻、唇、
父親の眉のひそめ方、額、いいえ、
このくぼみ、あごと頬のかわいいえくぼ、
父親の微笑み、手、爪、指の形も。
この子を生みの父にこんなに似せて作った
自然の女神よ、あなたが心も作るなら、
色の中でも黄色[2]はこの子に入れないで。
父親のように、子供が夫の子かどうか

（1）当時のことわざ。
（2）当時、黄色は嫉妬の色とされていた。

疑わずにすむように。[14]

リオンティーズ　無礼な婆だ。
〔アンティゴナスに〕臆病者め、おまえは縛り首にふさわしい、こいつの舌を止められんとは。

アンティゴナス　その偉業を
できない夫が縛り首なら、臣下は全滅、
残るは陛下のみでしょう。

リオンティーズ　追い出せと言うに。

ポーライナ　下劣で、非道極まりないお方らしい
行いです。

リオンティーズ　火あぶりだ。

ポーライナ　結構です。
異端者とは、火を焚く者で、焼かれる者では
ありません。暴君とは呼びますまい。
ですがこのお妃さまへの酷い扱い、

弱い蝶番(ちょうつがい)のようなその妄想以外に
罪を示せないとは、暴虐の臭いがします。
品位を落とされ、世間には悪評が
立ちましょう。

リオンティーズ　おまえたちの忠義にかけて、
こいつを連れ出せ。おれが暴君なら、いまごろ
こいつの命はどこにある？　おれをそのように
思っているなら、そうは呼べまい。連れて行け。

ポーライナ　お願いします、押さないで。もう行きます。
この子をご覧に。あなたの御子です。ジュピター[1]よ、
この子により良い導き手を！〔近づく貴族たちに〕その手は不要。
みなさんがこの愚行にこれほど甘ければ、
王のためにはなりません、誰ひとりとして。

(1)　ギリシア神話のゼウスと同一視された、ローマ神話の主神ユーピテルの英語読み。

〔ポーライナ退場〕

はい、さようなら。もう行きます。

リオンティーズ　〔アンティゴナスに〕おい裏切者、おまえ、妻をけしかけたな。〔アンティゴナスに〕おい、おまえ、
おれの子だと。〔赤ん坊を指して〕外へ出せ。〔アンティゴナスに〕おい、おまえ、
この子に甘いおまえがここから持って行き、
すぐに火に焼かれるよう手配してこい。
おまえだ、おまえでないとならん。さあ拾え。
一時間以内に、やったと報告しに戻れ。
その証拠もだ。さもなければおまえの命も、
自分のものと呼ぶものもすべて、没収する。
これを断り、怒りを受けたいなら、言うがいい。
私生児の脳みそを、この両手で
叩き出してやる。行って、火にくべてこい。
妻をけしかけた罰だぞ、これは。

アンティゴナス　けしかけてなど
おりません。ここにいる高貴な友人諸卿が

それを打ち消してくれるでしょう。

貴族たち　　　　　　　　　　　　打ち消せます、陛下。

夫人について、彼は無実です。

リオンティーズ　　　　　嘘つきどもめ。

貴族　陛下、われわれをもっと信用なさってください。

常に誠実にお仕えしてまいりましたこと、

ご考慮ください。われわれ一同、ひざまずいて

お願いします。〔全員ひざまずく〕過去の、そして今後の奉仕の

報いとして、お考えをお変えください。

これは怖ろしく、残酷で、悪しき結末に

つながりましょう。みなでひざまずき、お願いします。

リオンティーズ　おれは風に吹かれるままの一枚の羽根。

将来、この私生児がひざまずき、

自分を父と呼ぶのを見るのか。焼くべきだ、今、

後で呪うより。いや、このままに。生かしておこう。

それもいかん。おいおまえ、ここに来てくれ。
おまえはさっき、メンドリ夫人、助産婦の妻と
おせっかいをして、この私生児を救おうとした。
私生児であることは、おまえの髭の
白さと同様、明らかだ。このがきを
救えるなら、おまえ、何をする？

アンティゴナス　いかなることでも。
わたしの力で遂行でき、「高潔」が
求めることなら。少なくとも、罪なき者を
救うため、わずかに残る血を賭けましょう。
可能なことなら、いかなることでもいたします。

リオンティーズ　可能なことだ。この剣にかけて誓え、
おれの命令を実行すると。

アンティゴナス　誓います、陛下。 15

リオンティーズ　よく聞いて、実行するのだ、よいか。命令を

わずかでもしくじれば死んでもらう、
おまえのみならず、みだらな舌の、おまえの妻もだ――
今回だけはゆるしてやるが――。おまえに命じる、
わが忠実なる臣下であるなら、この私生児を
ここから連れ出し、どこか遠くの荒れ地へと
持って行け、わが領土からはるか離れた
場所へとだ。そしてそれ以上、慈悲はかけず、
身の守りは、自分自身と、その土地の
天候に委ねさせるがいい。あずかり知らぬ
運命でこいつは来た。それゆえ命じる、
魂の破滅、身体の痛みにかけてこの子を
見知らぬ土地に置いて来い。偶然が
育てるか終わらせるかするだろう。拾え。

アンティゴナス　誓って、やります、今すぐ殺していただく方が
より慈悲深くはありますが。おいで、哀れな赤子。〔拾い上げる〕

精霊が、トンビやカラスに乳母になるよう
命じてくれますように。狼や熊は野蛮さを
捨て、そのような哀れみ深いことをするらしい。
〔リオンティーズに〕この行いで報いをお受けになる以上に
御栄えあれ。〔赤子に〕このむごさの中、天が味方し、
ともに戦ってくれますように。かわいそうに、
失われる定めとは。　〔アンティゴナス退場〕

リオンティーズ　育てたくはない、
他人の子など。

〔従者登場〕

従者　陛下、神託に遣わされた
一行から、一時間前に早馬が
着きました。クリオミニーズとダイオンは
デルフォスから無事到着。陸路を急ぎ

貴族　宮廷へと向かっております。　陛下、これは
説明のつかぬ早さです。
リオンティーズ　二十三日だ、
彼らがいなくなってから。良い早さだ。
偉大なアポロが早く真実を示そうと
なさっているのだ。さあ諸卿、法廷を
招集する準備をしてくれ。不実を極めた
わが妻を召喚する。公の場で
責めたからには、公正なる公開審理を
受けさせよう。あいつが生きている間は、
心がこの身に重くのしかかる。ひとりにしてくれ。
命じたことをよく覚えておけ。　［一同退場］

第三幕第一場〔シチリア王国〕

［クリオミニーズとダイオン登場］

クリオミニーズ　天候はおだやか、大気はきわめて甘く、
島は肥沃、神殿は世の称賛を
はるかにしのぐものだった。

ダイオン　報告したい、
あの神々しい衣装――そう呼ぶにふさわしい――そして、
それを厳かにまとう人々のうやうやしさに
目を奪われたと。ああ、生贄が捧げられた時、
厳粛かつ荘厳で、この世のものとは
思えなかった！

クリオミニーズ　しかし中でも、割れんばかりに
耳をつんざく神託の声。ジュピターの
雷（いかずち）のようで、圧倒されて消え入りそうに
なってしまった。

ダイオン　この稀有な旅が
迅速であったように、結果がお妃さまに
良いものとなれば――そうなりますように――、時間をかけた
甲斐があったというものだ。

クリオミニーズ　偉大なアポロよ、
すべてを最善へと向かわせてください。先の
ご宣告は、ハーマイオニさまに無理に
罪を着せ、どうも気に入らぬ。

ダイオン　激しい事の
運びであったが、じきに片がつく。アポロの偉大な
神官によりこのように封印された

神託が明かされる時、驚くことが
一気にわかるだろう。さあ行こう。新しい馬へ。(1)
恵み深い結末となれ！

〔二人退場〕

第三幕第二場〔シチリア王国〕

〔リオンティーズ、貴族たち、役人たち登場〕

リオンティーズ　この法廷は――悲嘆をもって宣言すると――
わが胸を締めつけている。裁かれるのは、
王の娘にしてわが妻、しかもわたしが
愛しすぎた妻だ。わたしを暴虐だとする

(1)　原文では“fresh Horses”. 元気な馬に乗り換えて帰ろう、ということ。

誹（そし）りは当たらない。かくも公に
法に則り、進めているのだ。しかるべき
筋道をたどり、有罪あるいは放免となろう。
囚人を呼び出せ。

役人　国王陛下の御意により、王妃自ら
本法廷に出廷すべし。静粛に！

〔被告人姿のハーマイオニ、ポーライナ、侍女たち登場〕

リオンティーズ　訴状を読め。

役人　「ハーマイオニ、シチリア王リオンティーズの妃たる汝を、ここに大逆罪で
訴え、審判する。汝はボヘミア王ポリクシニーズと不貞を働き、カミロと陰
謀をめぐらし、われらの主君、汝の夫である王の命を奪おうとたくらんだ。
その計画の一部が明るみに出ると、汝ハーマイオニは、まことの臣下として
の信義と忠誠に反し、彼らの身の安全をはかって助言と助力をなし、夜陰に
乗じて彼らを逃走せしめた」。

ハーマイオニ　これからわたしが申し上げることは、ただ
告発を打ち消すものにならざるを得ず、
弁護のための証言も、自分から出る
ものである以上、「無罪です」と申し上げても
おそらく役には立たないでしょう。偽りとされた
わたしの無実は、言い表したとて、そう取られましょう。
ですが次の通り申します。天がわれわれ
人（ひと）の行いをご覧なら――きっと今も――、
わたしは信じて疑いません、「無実」は、誤りの
「告発」を赤面させ、「暴虐」を
「忍耐」の前で震えさせるはず。陛下がもっとも
よくご存知です――もっともそうは見えなくとも――、
以前のわたしが、今不幸なのと同じぐらいに、
節度を守り、貞淑かつ誠実だったと。
この不幸は観客のために作られ

演じられる物語が描く以上です。
ご覧ください。わたしは王と寝所をともにし、
王座を分かち、偉大なる王の娘で、
有望なる王子の母。ですがここに立ち、
聞きに来た人々の前で、命と名誉を
かけた話をしております。命については
悲しみ同様、失っても構いません。
ですが名誉は、子へと引き継がれるものゆえ、
これだけは守ります。わたしは陛下の
良心に訴えます。ポリクシニーズさまが
いらっしゃる前、いかにわたしが愛され、それに
値したか。いらっしゃった後、道に外れた、
どのような行いで、このような目に
遭っているのか。わずかでも名誉から外れ、
為すこと、思うことにその向きがあったなら、

これを聞く人の心はすべて固くなり、
もっとも近い肉親に、墓を侮蔑されても
構いません。

リオンティーズ　こういった大胆な
悪徳の輩が、悪事を為した際の
厚かましさに欠き、やったことを認めるなど
聞いたためしがない。

ハーマイオニ　それは真実でしょう。
ですが、陛下、わたしには当てはまりません。

リオンティーズ　認めぬのか。

ハーマイオニ　「過ち」という名のもの(1)を
与えられたこと以外、いっさい認めることは
できません。ともに糾弾されている

---

(1)　リオンティーズによる濡れ衣のこと。

ポリクシニーズさまについて告白するなら、
愛情をもっておりました。あの方の
栄誉に見合い、わたしの立場の女性が持つべき
愛情を。それは、陛下ご自身がお命じになった
愛情そのもの。それ以上ではございません。
そうしなければ、あなたへの裏切りとなり、
ご友人には忘恩となったことでしょう。
あの方は、言葉を覚えた幼少以来、
自分の愛はあなたのものだと、惜しみなく
言ってこられたのです。陰謀に関しては、
どんな味かなど、わかりません、味見せよと
皿の上に出されても。知っているのは、
カミロは誠実だということ。なぜ宮廷を
出たのかは、神々でさえ、わたし以上に
ご存知ないなら、おわかりにはなりません。

リオンティーズ　奴の出奔を知っていたはず、その後自分が
何をするのかわかっていたのと同様に。

ハーマイオニ　陛下、
あなたはわたしの知らない言葉をお話しです。
わたしの命はあなたの夢が狙う的。ここに
差し出します。

リオンティーズ　おまえの行為がおれの夢だと？
ポリクシニーズの私生児を産んでおいて、
おれが夢を見ただけだと。恥も真実も、
──同罪の例に漏れず──素通りか。
否定することは無益かつ重大事だ。
おまえのがきは捨てさせた、認める父を
持たぬ身にふさわしく──実のところは
あの子ではなくおまえに非がある──それゆえおまえに
わが正義を感じさせてやる。軽く見積もれど、

死刑しかないぞ。

ハーマイオニ　陛下、脅しは不要です。わたし自身が怖がらせるためのその鬼は、わたしにはもう命は無用。求めるもの。わたしにはもう命は無用。命の冠、慰めである、あなたの愛を失いました。どこかへ去ったと感じます。どうしてかはわかりませんが。第二の喜び、この体の初の実り(1)には、疫病に感染したかのように会えません。第三の慰めは不幸な星のもとに生まれ、——無垢な口に無垢な乳を含みつつ——この胸から引き離され、殺されました。わたし自身は、あらゆる掲示に淫婦と示され、ひどい憎しみにより、出産後に休む権利も奪われました。どの女性にもゆるされるのに。

ついにはここ、吹きさらしのこの場所へと
快復前に急かされてきたのです。陛下、
生きていたとて、死を怖れさせるどんな恵みが
わたしにありましょうか。ですからお続けを。
でもひとつお聞きください。誤解はご無用。
守りたいのは命ではなく――藁しべほどにも
思いません――名誉です。嫉妬が起こした
もの以外、証拠はすべて眠ったまま、
憶測によって有罪になるならば、
それは厳しさではあれ法ではございません。
みなさま、わたしは神託に身を委ねます。
アポロをわたしの裁き手に。

貴族　そのご要請は

---

(1) マミリアスのこと。

完全に正当なるもの。それゆえに、
アポロの名において、神託を持って来るように。

〔役人たち退場〕

ハーマイオニ　ロシア皇帝がわたしの父でした。ああ、
生きておられて、ここで娘の審判を
見ていただきたかった。わたしのひどい苦難を
ただ見ていただきたかった。でも復讐ではなく、
あわれみの目で。

〔役人たち、クリオミニーズ、ダイオン登場〕

役人　この正義の剣にかけて、ここに誓え。
おまえたち、クリオミニーズとダイオンは
デルフォスにともに赴き、封印された
この神託を、偉大なアポロの神官から
手渡され、持ち帰り、それ以来、
神聖な封は破っておらず、中の秘密も

読んでいないと。

クリオミニーズとダイオン　それらすべてを誓います。

リオンティーズ　封を破って、読め。

役人　「ハーマイオニは貞淑、ポリクシニーズは潔白、カミロはまことの臣下、リオンティーズは嫉妬深い暴君、無実の赤子は正当に生まれた子供であり、王は世継ぎなしに生きるであろう、失われたものが見つからなければ」。

貴族たち　偉大なアポロに賛美あれ！

ハーマイオニ　御名を称えます。

リオンティーズ　真実を読み上げたか？

役人　はい陛下。

ここに書かれた通りです。

リオンティーズ　真実など、かけらもない、その神託には。

審判を続けよ、それは欺瞞にすぎぬ。

〔従者登場〕

従者　国王陛下！　国王陛下！

リオンティーズ　　　用件は何だ？

従者　ああ、お知らせすれば憎しみを受けましょう。

ご子息がお母君を案じるがあまり、

世を去られました。

リオンティーズ　　何？　去った？

従者　　　　　お亡くなりに。

リオンティーズ　アポロの怒りだ。天がおれの不正に対して

一撃を放たれたのだ。[16]〔ハーマイオニ倒れる〕おい、どうした。

ポーライナ　その知らせはお妃さまには命とりに。

よくご覧を！　死が為したことを。

リオンティーズ　　　　　連れて行け。

胸に負担がかかっただけだ。意識は戻る。

おれは自分の疑念を強く信じすぎた。

お願いだ、命を戻す薬をやさしく

使ってやってくれ！　〔ハーマイオニ、ポーライナと侍女たちに運ばれ退場〕
　　　アポロよ、神託を
否定した冒瀆をおゆるしください。
おれはポリクシニーズと和解し、新たに愛を
妃に語り、善きカミロを呼び戻そう。
あいつは誠実かつ慈悲深い男なのだ。
おれは自分の嫉妬によって、むごい考えや
復讐へと突き動かされ、友である
ポリクシニーズを毒殺するようカミロに命じた。
為されていたはずだ、カミロの善き心が
おれの性急な命令の実行を
遅らせていなければ。「やらなければ」
「やったなら」と、死や報酬で、脅したり、
けしかけたりしたのだが、慈愛と誉れに
満ちたカミロは、ボヘミア王におれのたくらみを

打ち明けて、ここにある——知っての通り
少なくない——財産を捨て、不確かな
危険へと身を委ねたのだ、名誉の他に
何も持たずに。錆びついたおれと比べ、カミロは
いかに輝き、その美徳はおれの行いを
いかに黒くすることか！

〔ポーライナ登場〕

ポーライナ　嘆きなさい！
〔自分の服を指して〕ああ、紐を切って。引き裂こうと心臓が
破裂せぬよう。

貴族　何事でしょう、興奮なさって？

ポーライナ　暴君よ、どんな拷問の用意をお持ちか？
車裂き、拷問台、火あぶり、皮はぎ、
鉛や油の釜茹でか？　新旧のどの

拷問か？　これからわたしの言うことは
最悪のものに値する。暴虐が
嫉妬とともに動くとは！　少年であれど
幼すぎ、九つの少女であれど、
未熟で愚かな妄想で。ああ、何をしたか
考えれば、気が狂うしかない、完全に。
これまでの愚行など、単なる味付け。
ポリクシニーズへの裏切りなど、なんでもない。
自分が馬鹿で、気が変わりやすく、地獄堕ちの
恩知らずだと示しただけ。善きカミロの
名誉に毒を盛り、王を殺させようと
したことも些細なこと――ちっぽけな罪。
より酷いものが控えている。比べるなら、
カラスの群れに赤子の娘を投げ入れたことも、
何でもないか、わずかなこと。悪魔でも

地獄の火の中、きっと涙を流したでしょうが。
若き王子さまが亡くなったこともあなたに
直接、責はない。気高きお考えが、
若くも立派なお考えが、その心を
裂いたのも、粗野で愚かな父が、優美な母の
名を汚したとわかったから。これにもあなたに
責はない。だけどこれは――ああみなさん、聞いて
お嘆きを。お妃さま、お妃さま、あの
いとしきお方がお亡くなりに。だのに天罰は
まだ下されていないのです。

貴族　天よ、まさか。

ポーライナ　亡くなられました。誓います。言葉や誓いに
力がないなら見て来てください。あなた方が
色艶を唇や目に、熱を身体に、
息をその中に戻せるなら、神々だと

思ってお仕えしましょう。でも、ああ、暴君よ、
悔やんでも、もう無駄です。罪は重く、
どんな悲しみも動かせない。それゆえ、ただ
絶望するご覚悟を。一千回
ひざまずいても、一万年でも、裸でも、
断食しても、不毛な山や、常冬(とこふゆ)や、
永遠(とわ)の嵐の中にいても、神々は
あなたを見てはくださらない。

リオンティーズ　続けろ、続けろ。
言いすぎにはなり得ない。みなの舌に
厳しく言われて当然だ。

貴族　もうおやめを。
どのように事が運ぶにせよ、その無遠慮な
物言いには非があります。

ポーライナ　ごめんなさい。

自分に非があるとわかったことはすべて
悔い改めます。ああ、女の軽率さを
見せすぎました。陛下は高貴なお心を
痛めておられる。過ぎたこと、仕方ないことは、
悲しんではいけません。お苦しみに
ならないようお願いします。どうかわたしを
罰してください、お忘れになるべきことを
思い出させてしまいました。さあ陛下、
国王陛下、愚かな女をおゆるしください。
お妃さまへの愛ゆえに——ああ、また馬鹿なことを——。
もう申しません、あの方のことも、御子たちのことも。
思い出させはいたしません、行方知れずの
夫のことも。どうか耐え忍ばれますよう。
もう何も申しません。

リオンティーズ　よく言ってくれた、

ほんとうのことを。哀れみを受けるより、
この方がよほどよい。どうか連れて
行ってくれ、妃と息子の亡骸のもとへ。
ひとつの墓をふたりに作り、墓の上には、
死の理由を記しておこう、永遠(とわ)にわが恥を
知らしめるため。そして日に一度、彼らの眠る
御堂(みどう)を訪ね、そこで涙を流すことを
悦びとしよう。身体がこの習慣に
耐え得る限りこれを続けていくことを
日々誓おう。さあ、連れて行ってくれ、
悲しみのもとへと。

［一同退場］

第三幕第三場[17]〔ボヘミア王国〕

〔アンティゴナス、〔アンティゴナスに抱かれた〕赤子①、水夫登場〕

アンティゴナス ではたしかだな、ボヘミアの荒れ地に船が
着いたことは。[18]

水夫 はい、ですが悪い時に
上陸したようです。空は厳しい顔で、
急な嵐を起こさんばかり。わたしたちが
取りかかろうとすることに天が怒り、
顔をしかめているように思えます。

アンティゴナス 天の聖なる御心が為されんことを。
戻って船を見ていてくれ。すぐにわたしも

戻るから。

水夫　できるだけお急ぎになり、
遠くには行かれぬよう。空は荒れ模様。
しかもこの土地は肉食の獣が住む
ことでよく知られています。

アンティゴナス　行くがいい。
すぐに追いつく。

水夫　〔傍白〕この仕事を免れて
ほっとした。　　　　　　　　［水夫退場］

アンティゴナス　さあおいで、哀れな赤子よ。
聞いたことはあったが、信じていなかった、
死者の霊が再び歩き出すことなど。

（1）第五幕第二場の紳士三の台詞から察すると、ここで赤子（＝パーディタ）は、ハーマイオニの宝石が襟元に付いたマントに包まれている。

そんなことがあり得るなら、お母君が昨夜
わたしのもとにお越しになった。あれほど目覚めて
いるかのような夢は初めてだ。時に右、時に
左にうなだれ、やってこられたが、あれほどまでも
悲しみに満ち、それがあれほど似合う人を
見たことがない。純白の衣をまとい、
まるで「神聖」そのもののように、わたしの眠る
船室へといらっしゃった。三度(みたび)お辞儀し、
何か言おうと息をつくと、目はふたつの
噴水となった。そして激情が収まるとすぐ、
このようにおっしゃったのだ。「善きアンティゴナス、
その善良さに反し、運命によって、わたしの
哀れな赤子を捨てる仕事に選ばれた以上、
誓いに従い、ボヘミアの僻地へ行き、
涙を流し、赤子は泣くまま、置いて来るのです。

その子は永遠(とわ)に失われたと思われるので、
パーディタ(1)と呼んでください。王の命(めい)による、
このむごい仕事ゆえ、あなたは妻ポーライナにもう
会えないでしょう」。そして悲鳴とともに
大気へと溶けていった。おののいたが、
われに返り、「夢ではなく現実だった」
と思った。夢とはとるにたらぬもの。
だが今回は、そう、迷信を信じるようだが、
言われた通りにしてみよう。思うにきっと、
ハーマイオニさまはお亡くなりになったのだ、
そしてアポロは、この子がポリクシニーズ王の
子供であるので、生かすためか、殺すためか、
ここに置くようお望みなのだ、父が治める

（1）ラテン語で「失われたもの」の意。

この土地に。花よ、おまえにご加護がありますように。
さあここへ〔パーディタを地面(舞台)に置く〕。ここには手紙を〔パーディタの横
　に置く〕。ここにはこれを〔金貨などが入った箱を置く〕。
運命がゆるすなら、かわいいおまえを
育てた後でもまだ残るはず。(1) 嵐が来た。
かわいそうに、母の罪ゆえ、先の見えない
未来や、死にさらされるとは。涙は出せない。
だが心は血を流している。誓いによって
これをさせられるとはいまいましい。達者でな。
空の険しさが増してきた。子守歌は
荒々しくなりそうだ。これほど陰(かげ)る
昼の空は見たことがない。野生の叫びか?
無事に船に乗れればいいが。これは狩りだな。(2)

〔〔熊登場〕〕

おれは行かねば、永遠に。　〔アンティゴナス、熊に追われて退場〕19

〔羊飼い登場〕

羊飼い　十から二十三までの歳なんてなければいい。そうでないなら若者はその間、眠っていればいい。女を孕ませたり、老人を馬鹿にしたり、盗みや喧嘩をしたりする他、何もせんのだから。静かに！　頭から湯気を出した十九か二十二の奴だな、こんな天気に狩りをするのは。奴らのせいで一番いい羊が二匹、驚いて逃げてしまった。飼い主より先に狼が見つけたりせんか心配だ。見つかるとすれば、羊が蔦を食む海辺だな。天よ、幸運を。〔パーディタを見つけ

（1）　金貨や宝石についてのこと。

（2）　原文テクストには「熊」の登場を示すト書きは記載されておらず、当時の上演ではいつ「熊」が登場したかわからない。「熊」は登場せず、役者が「熊に追われる」演技のみで退場した可能性もある。この箇所の原文は"This is the Chase"となっており、「熊」が狩りで追い立てられていることと、アンティゴナスが「熊」に追いかけられることのふたつの意味がかけられていると思われる。「熊」については補注**19**も参照のこと。

る〕こりゃ何だ？　ああ、お慈悲を。赤ちゃんか？　とてもかわいい赤ちゃんだ。男の子かな？　女の子かな？　かわいい子だ、とてもかわいい子だ。これはお手付きがあったってことだな。わしは本を読まんが、お手付きにあった侍女がいたことは読み取れる。階段でのお仕事、衣装ケースの中でのお仕事、扉の裏でのお仕事があったんだ。本人たちは暖かくしているんだろうよ、この哀れな子より。拾ってあげよう。かわいそうに。だがせがれが来るまで待つとしよう。さっきまで掛け声が聞こえたが。どうどーう！

〔道化登場〕

道化　おいおーい。

羊飼い　おお、そんな近くにおったか。死んで腐った時に話せるネタが見たければ、こっちに来い。どうした、何を気に病んでおる？

道化　すごいものをふたつ見たんだ、海と陸のそばで。でも海とも言えない、次の瞬間、もう空（そら）なんだから。海と空との間には針一本も入らなかった。

羊飼い　そりゃどういうことだ？

道化　見てほしかったなあ、海が追っかけたり、怒ったり、陸に迫ったり。でもそれはどうでもいい。ああ、あの気の毒な人たちの哀れな叫び声。見えたと思えば見えなくなる。船が月を帆で刺すと、すぐに泡の中に飲み込まれる。まるでビール樽にコルクを突っ込んだみたいに。陸では見える、熊が男の肩骨を引きちぎるのが。その人はおれに助けを求めて叫んで、自分の名前はアンティゴナス、貴族だって言ったんだ。でも船の話を先に終わらせると、海が船をフラップドラゴン遊び(1)みたいにパクッと食べたのが見える。気の毒な人たちが叫ぶと、海も真似して叫び返す。陸では、気の毒な紳士が叫ぶと、熊も真似して叫び返す。どっちも荒れた海や空より大きい声で叫んでた。

羊飼い　ああ、お慈悲を。せがれ、それはいつの話だ?

道化　今だよ、今。見てからまだ目を閉じてない。男たちはまだ水の中で冷たくなってないし、熊だってその紳士を半分も食べてない。今とりかかってる真っ

---

(1)　クリスマス・イブなど、冬に行われた遊び。レーズンとブランデーの入った浅いボウルに火をつけ、その中からレーズンをすばやく取り出し、口に入れ、火を消して食べる。

最中だ。

羊飼い　そばにいて、その年寄りを助けてやりたかった。

道化　船もそばで助けてあげてほしかったよ。そこでは父さんの人助けも足がかりがなかっただろうけど。

羊飼い　悲しいことだ、悲しいことだ。だがこれを見ろ。天に感謝だ。おまえは死にゆくものに出会ったが、わしは生まれたてのものに出会った。これを見たら驚くぞ。ほら、お偉い方の御子のおくるみだ。見ろ。拾え、拾え。せがれ、開けてみろ。ああ、わしは昔、言われたことがある、妖精によって金持ちになると。これは妖精が残した取り替え子だ。開けてみろ。せがれ、中は何だ？

道化　〔箱を開ける〕これで父さんも金持ち爺さんだ。若い時の罪がゆるされれば、いい暮らしができそうだよ。金（きん）、ぜんぶ金だ。

羊飼い　これは妖精の金だ。いずれそうわかる。それも拾って、隠しておけ。さあ家（うち）だ、家だ、近道で帰ろう。せがれよ、わしらはついとるぞ。つきを続けるためには秘密にせねば。羊は放っておこう。さあ、近道で家に帰ろう。

道化　父さんは、見つけたものを持って、近道で家に帰っておいて。おれは、熊があの紳士のもとを去ったか、どれだけ食べたか見て来るよ。お腹が減っていなければ、熊はひどいことはしないいんだけど。何か残っていたら、埋めてあげるよ。

羊飼い　それは善い行いだ。残った物からその人だとわかるなら、後でわしもそこに連れて行ってその人を見せてくれ。

道化　そうするよ。土に埋めるのを手伝ってもらえるからね。

羊飼い　今日はついとる。こういう日には善いことをせんとな。　［二人退場］

第四幕第一場

〔コーラス〔説明役〕の「時」[20]登場〕

時　〔観客に〕わたしは一部の人を喜ばせ、みなを試し、
善と悪への、喜びにも、恐怖にもなり、
過ちを生み、解きほぐします。今、「時」の
名のもと翼を使いましょう。わたしや、わたしの
早い動きの罪とはしないでくださいませ、
十六年を滑り進み、この大きな狭間に
育ったことを不問に付すのを。[21]なぜなら法を
覆すのも、一時間で慣例を植え
埋(うず)めるのも、わたしの力。同じ者として

お通しください、最古の秩序以前も、今、
受け取られているわたしも。わたしは、秩序を
もたらした時代のみならず、今、世を統べる
新たなものの証人[1]ですが、その「現在」の
輝きを、この私の物語の
ように古臭くしてしまいます。これにご辛抱
いただけますなら、砂時計を逆さにし、
眠っておられたかのように、わたしの場面を
育ててみせます。愚かな嫉妬の結果に悲しむ
リオンティーズは閉じこもらせ、ご覧のみなさま、
ご想像を、わたしが今、美しき
ボヘミアにいると。思い出してくださいませ、
以前にこの地の王子について述べたことを[2]。今、
「フロリゼル」と彼を名付け、急ぎ進んで、
パーディタについてお話しすれば、彼女は今や

美しく育ち、驚嘆の的。この先彼女に
何が起きるかは予言しません。時の知らせは、
起きるがままに知られるもの。これから続く、
羊飼いの娘と、彼女にまつわることが
「時」の主題。以上のこと、お認めください、
今より悪い時を過ごしたことがおありなら。
そうでないなら、「時」自身が申します、
今後もなきよう、心から願いますと。

［退場］

（1）「時」は自分をこの劇の作者だと見なしている。補注**20**－**22**、本書解説も参照のこと。
（2）第一幕第二場におけるリオンティーズ、ハーマイオニ、ポリクシニーズの会話においてポリクシニーズの息子が話題に出たことを指す（一三頁、二四―二五頁）。

第四幕第二場〔十六年後、ボヘミア王国〕

〔ポリクシニーズとカミロ[22]登場〕

ポリクシニーズ　お願いだ、善きカミロ、これ以上せがむな。おまえの頼みは何であれ、断るのは病ほどに辛い。だがこれを認めれば、死ほどに辛くなる。

カミロ　十五年[23]になりました、祖国を最後に目にしてから。長きにわたり、異国の空気に触れてまいりましたが、骨は故郷に埋めたく思います。それに、罪を悔いておられる王、わが主君から、帰ってくるよう使いが来ます。王の深い悲しみを和らげることができるかもしれません。思い上がりかもしれませんが、それもここを離れる拍車となっているのです。

ポリクシニーズ　わたしへの愛があるなら、カミロ、今立ち去ることでこれまでの勤めを消し去ったりしないでくれ。おまえ自身の善良さのせいで、これほどおまえが必要になったのだ。持たねばよかった、こんな風に惜しくなるぐらいなら。代わりのきかない仕事をしてきたのだから、留まってそれを仕上げるか、あるいはそれとともに去るがいい。わたしが十分報いていないなら——何をしても足りぬだろうが——、もっと感謝することを仕事とし、積み重なる友情を利益としよう。あの悲運の国シチリアのことは、どうかもう言わないでくれ。その名を聞くだけで罰を受けている心地になる。おまえの言う「罪を悔いておられる」王、和解した兄弟を思い出してしまうのだ。大切なお妃と子供たちを失くされたことは、今でも新たな嘆きを生んでいる。さあ、教えてくれ、わたしの息子フロリゼルには最後にいつ会った？　出来の悪い子供を持つ王とは不幸なものだ、美徳を示した子供を失うのと同じほど。

カミロ　陛下、この三日間、殿下をお見かけしておりません。いったいどのような、よりお幸せなことがおありかわかりませんが、残念にも近頃は宮廷を離れられ、以前ほど王子のお仕事には当たっておられぬご様子。

ポリクシニーズ　カミロ、わたしも思い悩み、密偵に息子の外出について探らせた。報告によると、きわめて素朴な羊飼いの家を訪れ、そこを出ないようなのだ。

隣人の話では、この羊飼い、無一文から、みなの想像をはるかに超えて、言葉にできないほどの財産を持つようになったという。

カミロ　陛下、わたしもその男については聞いております。類まれな娘を持っているとのこと。出所が羊小屋とは思えないほど、彼女の噂は広まっております。

ポリクシニーズ　そのようにわたしも報告を受けている。だが、息子を引き寄せる釣り針ではないかと心配だ。一緒に来てくれ。正体を隠し、羊飼いにいくつか尋ねてみたい。単純な男のようだから、息子が訪れる理由を聞き出すことは難しくあるまい。頼む、この仕事でわたしの相棒となり、シチリアへの想いはひとまず脇に置いてくれないか。

カミロ　ご命令に従います。

ポリクシニーズ　それでこそわたしのカミロ。さあ、ふたりとも変装しなければ。

［二人退場］

第四幕第三場〔ボヘミア王国〕

［オートリカス、歌いながら登場］24

オートリカス　〔歌〕スイセンの花が顔を出し、
へーイと女が谷越せば、
やってくるのは甘き時。
冬の白さは赤き血に。

垣根に干された白シーツ、
――へーイと鳥たち、歌ってる――
こそどろの歯をうずかせる。
ジョッキで飲めれば王さまさ。

ヒバリのさえずりティラリラと、
ツグミとカケスのへーイへイ、
おれと女の夏の歌。
干し草の中、転がろう。

おれはフロリゼル王子に仕えたことがある。いい時には立派なベルベットの服を着たもんだ。だが今は無職ときた。

〔歌〕これを嘆こうか、愛しき人、
白き月は、夜光る。
おれがあちこち、うろつくと、
たいていが、うまくいく。
豚革袋の鋳掛屋の
旅回りがいいのなら、

そのひとりだと言い張ろう、
さらし台で誓います。(1)

おれの商いは布切れだ。トンビが巣作りする時には、小さい布にご用心。おやじはおれを「オートリカス」と名付けた。マーキュリー(2)の星が昇った時に生まれたらしく、名前の由来はその息子。(3)同じように、つまらんものをくすねる奴だったらしい。サイコロと娼婦のおかげで手にいれたのが、この派手な衣装。(4)おれの稼ぎはちょっとしたものを騙し取ることだ。でも街道でやるには絞首台とげんこつが強すぎる。殴られるのも吊るし首もおれには恐怖だ。

(1)　当時、浮浪者や乞食は取り締まりの対象となった。
(2)　ローマ神話のメルクリウス(ギリシア神話のヘルメス)の英語読み。「マーキュリーの星」とは水星のこと。神々の伝令を務め、雄弁、牧畜、商売、盗み、旅などの守護神。動きが速いことの比喩としてもしばしば使われた。
(3)　メルクリウスの子オートリカス。盗みや偽誓の名人。
(4)　後の道化とのやり取りでわかるように、実際にオートリカスが着ているのはぼろ着であり、これは自嘲めいた皮肉。補注**29**も参照のこと。

来世のことなら、寝て忘れることにしている。獲物だ！　獲物だ！

〔道化登場〕

道化　ええっと、十一匹の羊毛で一トッド[1]。一トッド毎に一ポンド[2]と一シリングちょっと。千五百匹の毛を刈るといくらだ[3]？

オートリカス　〔傍白〕罠がうまくいったら、このヤマシギはおれのもんだ。

道化　計算器なしじゃできないな。ええっと、羊の毛刈り祭[4]に何を買うんだっけ。〔メモを見ながら〕砂糖三ポンド、ドライ・カラント[5]五ポンド、そして米。妹のやつ、米で何するつもりだ？　父さんが祭りの女主人にしたから、派手にやるつもりだな。あいつ、二十四人の羊毛刈りそれぞれにブーケ[25]も作ったんだ。みんな三重唱の歌い手で、しかもうまいときた。ほとんどが中音か低音だけど、ひとりピューリタン[6]がいて、そいつは賛美歌を角笛に合わせて高い声で歌うんだ。買わないといけないのは、梨パイの色付け用のサフラン[26]、メース[7]。それからデーツ[27]は……ないな、このメモに。ナツメグ七つ。ジンジャー一、二本。これは恵んでもらえるかもな。プルーン四ポンド。お日さまで干したレーズンを同じだけ。

〔オートリカス、地面に横たわり、苦しむ演技を始める〕[28]

オートリカス　ああ、生まれてきたくなかった！[29]

道化　何だ、何だ？

オートリカス　ああ、助けて、助けて。このぼろ切れを剝がしてくれ。あとは死だ！　死だ！

道化　かわいそうに。脱ぐより、ぼろ切れをもっと着なくちゃ。

オートリカス　ああ、旦那、このいまわしいぼろ切れに腹が立つんです、何百万回

(1)　羊毛の重さの単位。二八ポンド(約一二・七キログラム)。一ポンドは四五三・六グラム。
(2)　このポンドは通貨単位。シリングも同様。一ポンドは二〇シリング。
(3)　千五百を十一で割ると136.36363636…と循環小数が続く。補注**27**を参照のこと。
(4)　六月前後に行われる。
(5)　料理用の小粒干しブドウ。
(6)　イギリス国教会の改革を求めた急進的プロテスタント信者。世俗音楽や演劇上演に反対する傾向にあった。
(7)　ナツメグの仮種皮を乾燥させた香味料。

と鞭打たれたことよりも。

道化 ああ、気の毒に。百万回の鞭打ちを足すと、すごいことになりそうだ。

オートリカス 盗みに遭い、旦那、しかも殴られました。金(かね)も服も盗られ、このいまいましいものを着せられました。

道化 馬に乗った奴だったか？ それとも徒歩か？

オートリカス 徒歩でした、お優しき旦那、徒歩でした。

道化 たしかに徒歩だ、残したこの服からすると。これが馬に乗った奴の上着なら、よほど暑くなる仕事をした後だ。さあ、手を。助けてあげよう。さあ手を。

〔道化、オートリカスを助け起こそうとする〕

オートリカス ああ、善き旦那、お優しく、ああ。〔道化の財布を探り始める〕30

道化 かわいそうに。

オートリカス ああ、善き旦那、そっとお願いします。旦那、どうも肩の骨が外れたみたいなんです。31

道化 どうした？ 立てるか？

オートリカス そっと、お願いします、善き旦那、そっと。〔道化の財布の中身を盗み取る〕慈悲深いことをしてくださった。

道化　お金がないんだろ？　少しあげよう。

オートリカス　いえいえ、お優しき善き旦那、結構です。お願いします。ここから四分の三マイル(1)もいかないところに親戚がいまして、そこに向かうところだったんです。そこには金も、足りないものも何でもあります。お金は結構です。お願いします。それではあまりに心が痛みます。

道化　物を盗ったのはどんな奴で(2)？

オートリカス　旦那、玉転がし遊び32をしてうろついている奴です。以前は王子の従者でした。でも善き旦那、どんな美徳のせいかわかりませんが、奴は宮廷から鞭で追い払われたんです。

道化　そいつの「悪徳のせい」では？　「美徳」なら宮廷から追い払われず、留まってもらおうと大事にされる。「美徳」は長くは留まらないだろうけど。

---

(1)　一マイルは一六〇九メートル。

(2)　道化はこの時点からオートリカスに心的距離が近い二人称“thou”ではなく、より丁寧な“you”を使い始める。直前の台詞でオートリカスが浮浪者ではないと信じたからか。

オートリカス　「悪徳」と言うべきでした、旦那。わたしはこの男をよく知ってい
ました。こいつは猿回しになった後、裁判所の令状運び、つまり執達吏（しったつり）にな
り、次に人形劇『放蕩息子』[33]の旅回りに出、そしてわたしの地所から一マイ
ルも離れていない鋳掛屋の妻と結婚しました。嘘偽りに満ちた暮らしをし、
ろくでもない仕事を転々とした後、やっと落ち着いた仕事は「ごろつき」で
す。一部の人は「オートリカス」と呼んでいます。

道化　あいつめ！　あの盗人め！　あいつは祭りや、市（いち）や、熊いじめ[1]をうろつくんだ。

オートリカス　その通りです、旦那。あいつです、旦那、あいつです。あのごろつ
きがわたしをこの服に押し込んだんです。

道化　あいつはボヘミア一の臆病なごろつきだ。あなたが自分を強く見せて、唾を
吐きかけたら、走って逃げて行きましたよ。

オートリカス　告白しますと、旦那、戦うのは苦手でして。その点、心構えが悪い
んです。奴はそれをわかっていました、保証できます。

道化　気分はどうです？

オートリカス　お優しき旦那、ずいぶん良くなりました。立って歩けます。ここを

失礼して、親戚の家までゆっくり進んでいけそうです。

道化　付いて行こうか？

オートリカス　いえいえ、ハンサムな旦那、結構です、お優しき旦那。

道化　じゃあこれで。羊の毛刈り祭のためにスパイスを買いに行かないと。

〔退場〕

オートリカス　ご多幸を、お優しき旦那。そのお寒い財布は、ホットなスパイスを買えるほどあったかくはないでしょうな。羊の毛刈り祭でまたお会いしましょう。この騙しから別の騙しを引き出せず、毛を刈る奴らを羊にできなければ、おれを悪党台帳から外して、善人名簿に入れてもらって構わない。

［歌］とことこ進もう、[34] 牧場(まきば)の小道。
楽しく柵を、越えて行こう。

---

(1)　杭にくくり付けた熊に犬をけしかけて両者を戦わせる、当時、人気があった娯楽。シェイクスピアの劇団が運営するグローブ座の近くにも、劇場と同規模の熊いじめ用の建物があった。

楽しい心は、ひねもす進み、
嘆けば疲れる、一マイル。

〔退場〕

第四幕第四場〔ボヘミア王国〕

〔フロリゼル、パーディタ登場〕

フロリゼル 祭りの衣装はきみのいたるところに命を
与える。羊飼いではなく、四月の初めに
姿を見せるフローラ(1)だ。きみたちのこの
羊の毛刈り祭は小さな神の集まりで、
きみはその女王のようだ。

パーディタ 優美な殿下、
言いすぎですとお咎めするのはわたしには

不釣り合い——ああ、そう申したこともおゆるしを。
高貴な殿下は国の優美なお印。それを
田舎者の服で隠されて、卑しいわたしが
女神のように着飾っています。この祭りが
すべて戯れで、習わしによるものでなければ、
わたしは殿下の装いを見て、顔を赤らめ、
鏡を見れば気絶するでしょう。

フロリゼル　　　　　　　　ぼくの鷹が
きみの父上の土地を横切った時のことを
天に感謝している。

パーディタ　　　　ジュピターのご加護を。
わたしには身分違いが怖ろしいのです

(1)　ローマ神話における花と春と豊穣の女神。ギリシア神話において西風の神ゼピュロスに連れ去られた後、これを悔いたゼピュロスによって神とされた精霊クローリスに由来する。

——殿下は怖れに慣れておられない——。震えます、
お父上が殿下のように偶然ここを
お通りになると考えただけで。ああ、運命よ、
どんなお顔をなさることか、高貴な王子の
ひどい装いをご覧になれば？ そのお言葉は？
派手な借り着を付けたわたしは、厳しいお顔を
どのように拝すれば？

フロリゼル 楽しいことだけ
考えよう。神々ご自身、愛のためには
身をやつし、獣の姿をお取りになった。
ジュピターは雄牛になってモーと鳴き、[35]
ネプチューンは雄羊になってメエと鳴き、[36]
火を纏(まと)う神、金のアポロは、田舎の卑しい
牧夫(ぼくふ)になった、[37] ぼくのように。だが、その変身は、
これほどまれな美のためではなく、そのやり方も

ぼくほど清らかではなかった。ぼくの欲望は
名誉より先には走らず、情欲は
誓いより熱く燃えることはない。[38]

パーディタ　ああでも殿下、
そのご決意は続かないでしょう、王のお力で
反対されれば――反対されるに違いありません――、
必ずや次のふたつにひとつとなりましょう。
殿下がそのご決心をお変えになるか、
わたしが命を捨てるかです。

フロリゼル　愛しいパーディタ、
そんなことを無理に考えて、楽しい祭りを
暗くしないで。ぼくはきみのものになり、
父のものになることはない。自分のものにも、
誰かの何かになることもない、もしぼくが
きみのものになれないのなら。たとえ運命が

「だめだ」と言っても、これは変わらない。楽しもう。
そんな考えの息の根は、今、目に見えるもので
止めるんだ。お客さんがやってくるよ。
さあ、顔を上げて。まるで今日が、以前にふたりで
誓い合った婚礼の祝いの日で
あるかのように。

パーディタ　ああ、運命の女神よ、どうか
お恵みを。

フロリゼル　ほら、お客さんがやってきた。
元気一杯に楽しませてあげるんだ。
頰をほてらせ、楽しもう。

〔羊飼い、ポリクシニーズ、カミロ、道化、モプサ、ドーカス、その他登場〕

羊飼い　こらこら娘よ、母さんが生きてた時、この日にゃ、
配膳役に、お酌、コック、すべてをやった。

女主人で召使い。みなをもてなし、
食事を出し、歌い、踊った。いまテーブルの
上席かと思えばもう真ん中。
こっちの男と思えばもう別の男。
働き、顔から火が出れば、それを消す酒で
ひとりひとりに乾杯した。だがおまえは、
さがったままのお客さまで、この祭りの
女主人ではないかのようだ。さあ、どうか、
新しいご友人方に歓迎を。それが
友情を深め、わかりあうための方法だ。
さあ、顔を赤らめるのはやめて、祭りの
女主人を務めてくれ。さあ、頼む、
おまえの羊の毛刈り祭に迎えておくれ。
おまえの羊が栄えるためにも。

パーディタ　〔ポリクシニーズに〕ようこそこちらへ。

父の意思ゆえ、今日一日、女主人を

務めます。〔カミロに〕ようこそお越しくださいました。〔ポリクシニーズとカミロに〕お客

さま、〔ドーカスに〕ドーカス、わたしにその花を。

あなた方にはローズマリー[1]にヘンルーダ[2]を。

冬の間、見た目や香りを保ちます。

天の恵みと良き思い出をおふたりに。

ようこそ羊の毛刈り祭へ。

ポリクシニーズ　羊飼いさん、

綺麗なお方、われわれの歳に合わせてくれたね、

冬の花を。

パーディタ　お客さま、今年も歳を

取りましたが、夏はまだ死なず、震える冬も

生まれていません。この時期もっとも美しい花は、

自然の私生児と呼ぶ人もいる、カーネーションに

縞(しま)ナデシコ。こうした花はわたしたちの
田舎の庭にはございませんし、欲しいとも
思いません。

ポリクシニーズ　娘さん、なぜその花々を
軽んじる？

パーディタ　聞いたことがあるのです。
その斑(まだら)模様には、偉大なる造化の自然に、
人の技が混じっていると。

ポリクシニーズ　そうだとしても、
自然が作る手段の他に、自然をより良く
する手段などはない。だから自然に
手を加えたとあなたが言う、その人の技もまた、

(1)　シソ科の常緑低木。誠実、貞節、記憶の象徴。
(2)　ミカン科の常緑多年草。英語では“rue”(悲しみ)と同綴りで同音であることから、悲しみや悔い改めの象徴とされる。

自然が作ったものなのだ。ほら、娘さん、
野生の台木に、生まれのいい接ぎ穂を合わせ、
その高貴な芽によって、卑しい種の木に
子を宿らせることがある。これは人の技。
自然を補う、いや、むしろ変える。しかし人の技
そのものも自然なのだ。[39]

パーディタ　たしかにそうです。

ポリクシニーズ　ではこの庭をナデシコでいっぱいにし、
私生児とは呼ばぬことだ。

パーディタ　でも一茎（いっけい）さえ、
土を掘って、植えたいとは思えません、
この若者に、お化粧姿を気に入られて、
子を産んでほしいと思われたくないのと
同じように。この花々はあなた方に。
香（かぐわ）しいラベンダー、ミント、セイボリ、マジョラム。

太陽と眠り、露の涙をたたえながら
ともに起きるマリーゴールド。こららは真夏の
花ですから、壮年の人に差し上げることに
いたしましょう。ようこそおいでくださいました。

カミロ　わたしがあなたの羊なら、草はみをやめ、
ただあなたを見つめていましょう。

パーディタ　ご冗談を！
お痩せになって、一月の突風に
吹かれるままになられますわ。〔フロリゼルに〕さあ、美しいあなた、
あなたには春の花をあげたかった、
今の人生の時に合う花を。〔モプサたちに〕あなたにも、
あなたにも。乙女(おとめ)の枝で蕾(つぼみ)を育てて
いるのですから。ああ、プロサーピナ、40 今ほしい、
おまえが驚き、ディスの馬車から落とした
花の数々を。たとえばスイセン。ツバメが来る

前にやってきて、三月の風をその美しさで
魅了する。そしてスミレ。目立たないけれど、
ジュノー①のまぶたや、シサリーア②の息より甘い。
そして薄色のサクラソウ。輝ける
フィーバス③の力がみなぎるのを見る前に、
未婚のまま死んでいく④。これは乙女に
よくある病。それに、大胆なオクスリップや
王冠ユリ、あらゆる種類のユリの花、
フルール・ド・リス⑤もそのひとつ、ああ、これらの花で
あなたたちには花輪を作り、愛しい彼には
上から撒いてあげたかった。

フロリゼル　え？　遺体のようにか？

パーディタ　いいえ、恋人が寝転がって遊び続ける、
土手のように、遺体ではなく。埋めるなら、
生きたままこの腕の中に。さあ、花を取って。

〔われに返って〕わたし、演じてしまったようです、以前に見た
聖霊降臨祭[6]のお芝居を。きっと衣装が
わたしの気質を変えたのですわ。

フロリゼル　きみのすることは
いつも前にしたことの上をいく。きみが話せば、
ずっとそうしていてほしくなる。きみが歌えば、
そんな風にものの売り買いや、施しも
してほしい。身の回りを整える時にも、

（1）ローマ神話の主神ジュピター（ユーピテル）の妻。
（2）ローマ神話の愛と美の女神ウェヌスの別称。
（3）太陽神としてのアポロの別称（ローマ神話ポイボスの英語読み）。
（4）サクラソウは春に咲き、盛夏の前に花は散る。
（5）アヤメ（アイリス）の花。フランス王室の「ユリ形紋章」を指すこともある。
（6）復活祭（イースター）後の第七日目の日曜日に行われる祭り。キリストの昇天後、聖霊が使徒たちに降り、さまざまな言語でキリストの教えを伝え始めたことを祝う。年によって異なるが五月中旬～六月中旬頃で、羊の毛刈り祭と季節がおおむね重なる。

歌ってほしい。きみが踊れば、きみが海の
波であればと願うんだ。そうすれば他に
何もせず、ずっと動いて、ずっとそのまま、
他の動きはしなくていい。きみの振る舞いの
ひとつひとつが唯一無二だから、その時々に
していることを冠で飾る、それゆえ
すべてが女王の行いなのだ。

パーディタ　ああ、ドリクリーズ(1)、
その賛辞は大きすぎます。その若さと、
美しく顔を出すまことの血から、あなたが
汚(けが)れなく賢い羊飼いだとわからなければ、
ドリクリーズ、偽りで口説かれていると
怖れたことでしょう。

フロリゼル　怖れる理由なんて、
きみにはないよ。怖れさせる気がぼくにないのと

パーディタ　同じように。さあ、ぼくらのダンスを。お願いだ。
この手を取って、ぼくのパーディタ。決して別れる
ことのない二羽のキジバトのように。
ええ、そのように。

ポリクシニーズ　〔カミロに〕生まれは低いが、かつて芝生を駆けた中で
もっともかわいい娘だな。行いや
外見には、身分を超えた何かがある。
この場所には高貴すぎる。

カミロ　〔ポリクシニーズに〕殿下の言葉で、
頬が赤く染まっています。チーズやクリーム
さながらの白き女王です。

道化　さあ、音楽だ！

ドーカス　〔道化に〕モプサが彼女なんでしょ。ニンニク要るわよ、あの娘(こ)とキスす

（1）羊飼いに扮したフロリゼルの偽名。

るなら。

モプサ　いい時に言うじゃない。

道化　もう言うな、言うな。礼儀正しくいこう。さあ、音楽だ！

〔羊飼いの男女の踊り〔踊りが続く中、ポリクシニーズと羊飼いが話し始める〕〕

ポリクシニーズ　羊飼いよ、あなたの娘と踊っている、あの美しい若者は誰だ？

羊飼い　ドリクリーズとみな、呼んでます。立派な牧場を持っているのがご自慢で。本人からそう聞きました。だから信じているんです。誠実そうです。娘を愛していると言うんです。わしもそう思います。月も水面(みなも)を見はしませんよ、あいつが娘の目を読むかのようにじっと見るほどには。簡単に言えば、

どちらがより愛しているかは、キス半分の
差もありませんな。

ポリクシニーズ　あの子の踊りは見事だな。

羊飼い　何をやってもああなのです、親が言うのも
妙ですが。ドリクリーズが一緒になれば、
夢にも思わぬものを、あの子はもたらして
くれるでしょう。

［召使い登場］

召使い　ああ、ご主人さま！　戸口にいる行商人の歌をお聞きになれば、もう太鼓や笛では踊る気がなくなります。バグパイプでも無理です。この男、金（かね）を数えるより早く、いろんな調べを歌うんです。食べていたものを吐き出すみたいに歌（バラッド）を歌うんで、みな、耳がその調べへと伸びて行く始末です。

道化　いい時にきた。入れてやってくれ。おれは歌が大好きなんだ。悲しいことを楽しい調子で歌うやつとか、すごく楽しいことを嘆くように歌うやつなら最

高だ。

召使い　この行商人の歌には、男物も女物も、全サイズ揃っています。仕立て屋だって、手袋をあれほどぴったり客に合わせられません。若い娘には最高にかわいいラブソングがあります。めずらしいことに下ネタも一切ありません。普段のいやらしいくりかえしも優雅なもので「ほら彼女に打ち付けろ、どんと突け」なんです。口の悪い奴が悪戯で何か言って、歌に下品な切れ目を作ると、この男、娘に歌わせます、「おっとわたしに悪さはやめて、善きお方」。男はこれで引っ込みます、「おっとわたしに悪さはやめて、善きお方」で。

ポリクシニーズ　すごい奴だな。

道化　すばらしく頭が回る奴なんだ。新しい商品も持っているのか?

召使い　虹の色すべてのリボンを持っていますし、レースのつなぎ紐(ひも)(1)もあります。ボヘミア中の法律家が賢くひもとく以上の数です。他にもリネンテープに、羊毛紐、キャンブリック(2)、ローン(3)。こういうものがまるで神か女神であるかのように歌を捧げるんです。袖口や胸の刺繍に歌うのを聞いていると、スリップも女天使に見えてきます。

道化　連れて来てくれ。歌いながら入って来るように言ってくれ。
パーディタ　言っておいて、下品な言葉では歌わないでって。
道化　妹よ、こういう行商人には、おまえが思うより多くのものを持っている奴がいるぞ。
パーディタ　そうね、兄さん、わたしが思いたくもないようなこともね。

［オートリカス、歌いながら登場］

オートリカス　〔歌〕白いリネンは雪のよう、
黒い喪章はカラスのよう、
甘い手袋、バラのよう、
仮面はお顔とお鼻用、

（1）原文では"point".衣服の生地をつなぐ「金具付きの紐」、「論点」、「男性器」をかけている。こうした性的な台詞はこの場面の生命力や豊饒のイメージを強調する。
（2）きめ細かく織った薄手のリネン。
（3）粗く織った薄手のリネン。

琥珀首飾り、黒玉腕輪、
ご婦人部屋には香水を、
金色頭巾と胸飾り、
彼女に贈るプレゼント。
ピンと、襟用鋼(はがね)ごて、
娘が欲しいものすべて。
さあ買った、寄って来て買った、さあ買った、
若者よ、恋人泣かせず、さあ買った。

道化　モプサを好きじゃなかったら、おまえに金を取られることはないんだけど、おれはあいつのとりこだから、リボンや手袋をひとくくり買うことになりそうだ。

モプサ　お祭り前に買ってくれる約束だったじゃない。だけど今でも遅くないわ。

ドーカス　この人、それ以上の約束もしたんでしょ。そうじゃないなら、ふたりとも嘘つきよ。

モプサ　あなた、彼が約束したものは全部もらったはずよ。もしかしたらそれ以上のものをもらったから、彼に何か渡し返すことになって、恥をかくんじゃない？[1]

道化　女にはもう礼儀は残っていないのか？　ペティコートを頭に被る気か？　そういう秘密をささやくには、乳搾りの時があるだろう。寝る時とか、かまどの前とかあるだろう。お客さんの前で言い合う必要があるか？　あの人たちがひそひそ話をしているからよかったよ。舌はもう動かさず、何も言うな。

モプサ　もうやめるわ。そういえば、明るい色の絹スカーフと、香りつきの手袋を約束してくれたわよね。

道化　言っただろう、買い物に行く道すがらスリに遭って、金を全部取られたって。

オートリカス　ほんとうに、旦那、スリがここらをうろついているんです。気をつけないといけません。

道化　怖れることはないよ、おまえはここでは何も失くさないから。

（1）　赤子のこと。

オートリカス　そう願います、旦那。なにせ高価なものをたくさん持っていますので。

道化　何を持っているんだ？　歌（バラッド）か？

モプサ　お願い、いくつか買ってよ。印刷された歌って大好き。ほんとうにあったってわかるもの。

オートリカス　ほら、ここにとても悲しい調べがありますよ。いかにして金貸しの妻がお産で金袋二十袋を産み落としたか、いかに彼女が、切り刻んであぶったマムシの頭やガマガエルを食べたがったか。

モプサ　それ、ほんとうなの？

オートリカス　まさにほんとうです。たったひと月前のことです。

ドーカス　金貸しとは結婚しませんように！

オートリカス　ここに助産婦の名前もあります。「チマータノ・ハナーシ」さんとかいう方です。そこにいた正直な奥さん方、五、六名の名前もあります。わたしが嘘を持ち歩くわけないでしょう。

モプサ　お願い、これ買って。

道化　じゃあ取っておいて、まずはもっと見てみよう。すぐにいろいろ買うからな。
オートリカス　魚の歌もありますよ。こいつは、四月八十日の水曜日、水深四万尋(ひろ)(1)、飛び上がって海岸に現れ、この歌を歌って、女のつれない心を咎めたんです。こいつはかつて人間の女でしたが、自分を愛した男と寝ようとしなかったんで、冷たい魚に変えられたようなんです。この歌はじつに悲しい。そして、ほんとうのことなんです。
ドーカス　それもほんとうのことなの?
オートリカス　治安判事五名の署名付きです。荷袋に入らないぐらいの証言もあります。
道化　取っておこう。他のものを。
オートリカス　これは楽しい歌ですよ。しかもとってもかわいらしい。
モプサ　楽しいのにしましょ!
オートリカス　こいつは飛び抜けて楽しいやつで、『娘がふたりで男を口説く』の

(1)　一尋(fathom)は一八三センチメートル。

歌と同じ調べです。西の方ではこれを歌わない娘さんはいませんよ。大人気です。

モプサ　それならわたしたちふたりとも歌えるわ。男性パートをやってくれたら、三重唱ができるわよ。

ドーカス　ちょうどひと月前に覚えたの。

オートリカス　男性パートをやりましょう。それが仕事ですから。さあ、やりましょう。

［歌］**オートリカス**　さあここを去れ。おれは行く、知らない方がいいとこへ。

ドーカス　どこへ？

モプサ　ああ、どこへ？

ドーカス　どこへなの？

モプサ　あなた、わたしに誓ったわ、わたしに秘密を話すって。

ドーカス　わたしにもよ。連れてって。

モプサ　納屋なの、それとも水車小屋?

ドーカス　どっちかで悪さするんだわ。

オートリカス　ちがう。

ドーカス　えっ、ちがう?

オートリカス　ちがうんだ。

ドーカス　彼氏になるって誓ったわ。

モプサ　わたしにはもっと誓ったわ。
さあどこ行くの?　教えてよ。

道化　おれたちで今からこの歌を全部歌おう。父さんとあの紳士が真面目な話をしているから、邪魔しないでおくか。おまえの荷袋を持って来てくれ。ふたりに何か買ってやるよ。行商人、一番いいやつを売ってくれ。さあ行こう。

〔道化、モプサ、ドーカス退場〕

オートリカス　おふたりのため、たくさん支払う事になりそうですな。

［歌］テープかケープのレースはいかが、
愛しくかわいいお嬢さん。
いろんな絹、糸、髪飾り、
最新最上品ばかり。
いらっしゃい。金はでしゃばり、
いろんな物を売りに出す。

［退場］

［召使い登場］

召使い　ご主人さま、荷車引きが三人、羊飼いが三人、牛飼いが三人、豚飼いが三人、毛むくじゃらでやってきて、自分たちは「さたー」(1)41とやらだと言っています。彼らの踊りについて、娘たちは仲間に入れないので、ごたまぜの跳躍ダンスだと言っています。本人たちは、玉転がししか知らない人には荒っぽく見えるかもしれないけれど、大いにお楽しみいただけると思っているようです。

羊飼い　追い払え。そんなものはいらん。馬鹿騒ぎはもう十分だ。旦那さん方を退屈させてしまいましたな。
ポリクシニーズ　あなたが退屈させているのは、わたしたちの気分を一新させようとしてくれているその人たちでは。牧夫(ぼくふ)の三人四組の踊り[42]をぜひ見せてほしい。
召使い　そのうち一組は、王さまの前で踊ったことがあるらしいんです。三人のうちで一番下手な奴でも、きっちり十二フィート半、跳ぶんだそうです。
羊飼い　おしゃべりはもういい。おふたりがお望みだ。今すぐ連れて来い。
召使い　ええ、もう戸口におります。
　〔十二人のサターの踊り〔途中からポリクシニーズは羊飼いと言葉を交わし始める〕〕

（1）サターは、ギリシア神話のサテュロスの英語読み。サテュロスは、山羊の脚や、耳、角を持ち、好色と酒好きを特徴とする半獣半人の種族。補注**41**も参照のこと。

ポリクシニーズ　〔羊飼いに〕そのことは後でもっとわかるだろう。
〔カミロに〕行きすぎているな。引き離す時だ。素朴ゆえ、彼は
多くを語ってくれた。〔フロリゼルに〕美しい羊飼いよ、
どうしたのかな？　何かで心がいっぱいで、
祭りに気が回らぬようだ。実際、わたしも
若い頃、きみのように愛した時には、
相手に小物をあげたものだ。行商人の
絹製品を買い占め、与えたものだった、
愛を受け入れてほしくてな。きみは行商人を
引きとめず、交わらなかった。きみの恋人が
悪いように解釈し、きみに愛や
気前の良さがないと言ったら、返答に困る
のではないか、もしその子を幸せに
したいと思っていればだが。

フロリゼル　　　　　　　　　　わかるのです、

彼女はああいうつまらぬ物を喜ばないと。
彼女への贈り物は、心の中の
箱に入れ、鍵をかけてあります。捧げたものの、
渡すのはまだ。〔パーディタに〕ああ、聞いてくれ、命をかけた
この誓いを。かつて誰かを愛したという
このご年配の目の前で。さあ、手を。この手は
ハトの綿毛のように柔らかく、白い。あるいは
エチオピア人の歯か、北風に二度吹き付けられ、
ふるいわけられた雪の白さだ。

ポリクシニーズ　さあ、どう続く？
この若者はなんとかわいく、彼女のすでに
きれいな手を、さらに白く洗うことか。
邪魔をした。さあ、きみの誓いを。どう誓うのか、
聞かせてくれ。

フロリゼル　はい、そしてぜひ証人に。

ポリクシニーズ　この隣人も？

フロリゼル　　　　　　ええ、そしてより多くの人にも、
地にも天にも、すべてにも——もしも僕が、
もっとも偉大な皇帝として冠をかぶり、
それにもっともふさわしくても、人目を惹く
もっとも美しい若者であっても、人が
持ったことのない力と知識を持っていても、
それらに価値はありません、彼女の愛が
ないのなら。すべてを彼女に使い、役立て、
役に立たぬなら、滅びさせましょう。

ポリクシニーズ　　　　　　　　　　うまく述べたな。

カミロ　たしかな愛がありそうです。

羊飼い　　　　　　　　　　　　だが娘よ、
同じことを彼に言えるか？

パーディタ　　　　　　　彼ほどうまくは

言えませんし、うまく話す気もありません。
自分の想いの型紙を使い、彼と同じ
純粋さは切り出せます。

羊飼い　手を取れ。決まりだ。
新しい友人方、どうか証人に。
わしは娘を彼に与え、持参金は
彼の財産と釣り合わせましょう。

フロリゼル　ああ、娘さんの
美徳こそが持参金。ある人が死ねば、
あなたが夢にも思わぬもの、驚くものが
ぼくには手に入るのです。さあ、証人の
前でぼくたちを結んでください。

羊飼い　ではお手を。
娘よ、おまえも。

ポリクシニーズ　おい、若者よ、ちょっと待ってくれ。

フロリゼル　きみに父親はいないのか？
ポリクシニーズ　　いますが、何か？
フロリゼル　このことは？
ポリクシニーズ　　知りませんし、知らせもしません。
フロリゼル　わたしが思うに、
父とは息子の婚礼の席にもっとも
ふさわしい客人だ。教えてほしい、
お父上は理知的なことができなくなったか？
老齢か、身体を曲げていくリウマチで
呆けたのか？　話すことは？　聞くことは？
人を見分けることは？　自分の財産管理は？
寝たきりなのか？　子供の時にしたこと以外、
何もできなくなったのか？
ポリクシニーズ　　いいえ、違います。
父は健康、十分な力もあります。

同年代の人以上に。

ポリクシニーズ　もしそうなら、この白い髭にかけて、間違ったこと、親不孝をしておられる。息子が自分で妻を選ぶのは理にかなっている。だが父親は、立派な子孫を持つこと以外に喜びはないのだから、こうしたことで相談を受けることも十分理にかなっている。

フロリゼル　それはすべて認めます。しかしあなたにお教えできないいろいろな理由があり、ぼくは父にこのことを知らせません。

ポリクシニーズ　知らせなさい。

フロリゼル　できません。

ポリクシニーズ　お願いだ。

フロリゼル　　　　　　　　　　　絶対だめです。
羊飼い　知らせるのだ、息子よ、おまえの選択を知って、
　悲しまれることはないだろう。
フロリゼル　　　　　　　　　いえいえ、だめです。
　さあ婚姻の証人に。
ポリクシニーズ　〔変装を取って〕いや、離婚のだ！
　おまえをもう息子とは呼ばぬ。認めるには
　卑しすぎる。王笏(おうしゃく)を継ぐ身ながら、
　羊飼いの杖を握るとは。〔羊飼いに〕反逆者め、
　おまえの首を吊っても、寿命を一週間しか
　縮められんとは残念だ。〔パーディタに〕そしておまえ、
　巧みに魔術を使う娘、自分の相手が
　馬鹿王子だと知っていたな。
羊飼い　　　　　　　　　　ああ、胸が。
ポリクシニーズ　〔パーディタに〕おまえの美をイバラでひっかき、その身分より

卑しいものにしてやろう。〔フロリゼルに〕そして恋に
呆けたおまえ、この飾り物と会えないことに
――もう二度と会わせはせぬから――ため息を
ついたなら、おまえに王位は継承させず、
もう血縁とは、いや親戚とも見なさない、
デュケイリオン[1]までさかのぼろうとも。よく覚えておけ。
わたしに付いて宮廷に戻れ。〔羊飼いに〕この田舎者、
わたしは怒りに満ちているが、今回だけは
死の一撃は免除してやる。〔パーディタに〕おい、魔女め、
牧夫(ぼくふ)の妻なら十分ふさわしいおまえ、
いや、そいつにもだ――そいつは、わたしの威厳
がなければ、おまえにも見合わない――今後、

(1)　ギリシア神話のデウカリオーンの英語読み。人類を滅ぼすためにジュピターが起こした大洪水の中、箱舟に乗って、妻とともに生き残った。彼らが背後に投げた石が人間になり、人類は再び増えていった。

おまえが田舎の掛け金を外し、そいつを入れれば、
あるいはそいつの体を抱きしめたいと望むなら、
死刑にしてやる、おまえが感じることのできる
もっともむごいやり方でな。　　　　　　［退場］

パーディタ　これでもう終わり。
わたし、あまり怖くはなかった。一度か二度、
口を開いて、はっきりお伝えしそうになった。
宮廷を照らす太陽は、その顔を
わたしたちの小屋にも背けずに、同じように
見ていてくれると。さあ殿下、お行きください。
きっとこうなると申し上げたはず。どうかご身分を
大切に。わたしの夢は醒めましたから、
もう女王はやめて、羊の乳を搾って
泣いています。

カミロ　〔羊飼いに〕おい、どうしたんだ、死ぬ前に

何か話せ。

羊飼い　何も言えず、考えられず、
知っていることを知りたくもありません。
〔フロリゼルに〕ああ、あなたは八十三の老人を
破滅させた。静かに墓に入りたかった、
そう、父の死んだベッドの上で死を迎え、
その正直な骨のそばで眠りたかった。
でも今や、首吊り役人に死に装束を
着せられて、僧侶も土をかけない場所に
埋められるんだ。〔パーディタに〕ああ、悪い奴だ！　王子と知りつつ、
あえて誓いを交わすとは。破滅だ、破滅。
一時間の内に死ねれば、死にたい時まで
生きたことになる。　〔退場〕

フロリゼル　〔パーディタに〕なぜそんな風にぼくを見る？
悔しいだけで、怖くはない。遅れるにしても、

何も変わらない。以前も今もぼくは同じだ。
引き戻されると、より進む。紐につながれても、
意思に反して付いて行きはしないんだ。

カミロ　〔フロリゼルに〕殿下、
お父上のご気性はご存知のはず。
殿下にも話すおつもりはないでしょうが、
陛下は今、聞く耳をお持ちでなく、
殿下にお会いになることさえ厭われましょう。
お怒りが落ち着くまで、陛下の御前に
いらっしゃってはなりません。

フロリゼル　そのつもりはない。
カミロだな。

カミロ　その通りです、殿下。

パーディタ　何度も申し上げました、こうなると。
何度も申し上げたはずです、わたしの威厳が

続くのは、人に知られるまでと。
フロリゼル　きみの威厳は
なくならない、ぼくが誓いを破らぬ限り。
もし破るなら、自然が大地を叩き割り、
中の種子を砕けばいい。さあ、顔を上げて。
父上よ、ぼくの継承権は消し去ってくれ。
ぼくはぼくの愛情を継ぐ。
カミロ　お聞きください。
フロリゼル　もう聞いているよ、自分の胸に。理性がこれに
従うなら、ぼくにも理性があるということだ。
そうでないなら、ぼくの心は、狂気を喜び、
歓迎しよう。
カミロ　自棄(やけ)をおこしておいでです。
フロリゼル　そう呼ぶがいい。だがこれで誓いは守れる。
それが誠実さだと思うんだ。カミロ、

ボヘミアと引き換えであれ、ここで手に入る
栄華とであれ、太陽が見る、大地が孕む、
あるいは深い海が未知の深みに隠す
すべてのものとの引き換えであれ、ぼくは、愛する
この美しい人との誓いは破らない。
だから頼む。きみは父の大事な友。
ぼくは父に会う気はないから、ぼくの不在に
気付いた時、その怒りに良き忠告を
与えてほしい。そしてぼくには未来をかけて、
運命とともに闘わせてくれ。次のことを、
父にも伝えておいてほしい。ぼくは海に出る、
この陸地ではそばにいられない彼女とともに。
そして彼女に好都合にも、ぼくは近くに
船を一隻泊めていた。このために
用意したものではなかったが。[43] どのような

針路を取るかは、きみが知っても仕方ないし、
告げる必要もないだろう。

カミロ　ああ、殿下、
そのお心がもっと助言を受け入れるか、
よりお強ければよいのですが。

フロリゼル　聞いて、パーディタ。
〔カミロに〕きみとは後で。〔パーディタとふたりで話し始める〕

カミロ　〔傍白〕頑なに、お逃げになる
おつもりだ。いかに幸せか、このご出立を
自分の目的にも役立たせ、危険から
お守りしながら、愛と敬意でお仕えし、
ふたたび愛しいシチリアと、あの不幸な王、
わが主君にまみえることができるなら。
どうしてもお目にかかりたい。

フロリゼル　〔カミロに〕善きカミロ、

この心は気がかりなことでいっぱいだから、
つい礼を逸してしまった。

カミロ　　殿下、わたしが
お父上を敬愛し、ささやかながら
捧げた勤めをお聞き及びかと。

フロリゼル　　その評判に
きみは十分値する。きみの仕事について
語ることは父の音楽だ。気付けばすぐに
報いようと気にかけてきた。

カミロ　　それでは殿下、
わたしが王を敬愛し、それゆえ王に
もっとも近くあられる殿下も敬愛すると
思っていただけますなら、そしてお決めになった
重みある計画に変更が
ゆるされますなら、拙案を胸にお抱き（いだ）ください。

名誉にかけてお教えします、殿下に見合うおもてなしをお受けになり、愛する方とともにいることができる場所を。殿下が破滅されぬ限り――天よ、お守りを――その方との別離はあり得ないでしょうから。ご結婚なさり、一方わたしはご不在の間、お父上のご不興を静め、考えを変えていただけるようできる限り努めます。

フロリゼル　どうすれば、カミロ、そんな奇跡のようなことができるのだ？それができれば、きみを人間を超えた者と呼び、その後もずっと信じよう。

カミロ　行き先はお考えになりましたか？

フロリゼル　まだ何も。

思いもよらぬ出来事のため、でたらめに
行くしかない。ぼくたちは運命の奴隷。
どんな風にも吹かれるままのハエのような
存在なのだ。

カミロ　それならば、どうかお聞きを。
殿下のご意志にお変わりがなく、この逃避行を
なさるなら、シチリアへとお向かいください。
美しい妃殿下と――きっとそうなりましょう――、
リオンティーズ王に謁見なさるのです、
殿下と寝所をともにする者としてふさわしい
お召し物で。リオンティーズ王が見えるようです。
両手を広げ、泣きながら歓迎なさり、
殿下に「息子よ、ゆるしてくれ」と父親のように
おっしゃって、新婦の手にキスをなさり、
冷たさと優しさとに引き裂かれる

お姿を。前者を叱って、地獄に送り、
後者には、想いや時より早く育てと
お命じになることでしょう。

フロリゼル　立派なカミロ、
どのような訪問理由を王の御前に
示せばいい？

カミロ　お父上である王に命じられ、
ご挨拶と慰めをもたらしに来たと
おっしゃるのです。シチリア王への振る舞い方や、
お父上からとしてお伝えすること、われわれ
三人[1]のみが知ることを書いておきますので、
謁見の際におっしゃることもおわかりに。
このようにすれば、王は、殿下がお父上の

（1）リオンティーズ、ポリクシニーズ、カミロのこと。

胸の内をご存知で、そのお心を
お伝えなのだと思われるでしょう。

フロリゼル　　　　　　　　　　　礼を言おう。
これは大きく育つ話だ。

カミロ　　　　　殿下の御身を
道なき海や、夢見ぬ岸辺に預けるよりも
見込みある針路かと思われます、
そこではきっと苦難に遭われ、助かる望みは
ありません。ひとつふりきれど、次が来ます。
船の錨のみがたしかなものになりましょうが、
もっとも務めを果たしたとて、ぞっとする場所に
殿下を留めることぐらい。そしてご存知の通り、
繁栄こそが愛の絆。苦悩とは、愛の
新鮮な顔色も心も変えて
しまうものです。

パーディタ　そのひとつだけが正しいのでは。
苦悩は頬の色を抑えましょうが、
心を捉えるとは思えません。

カミロ　そうおっしゃるか。
お父上の家にあなたのような子はもう
生まれないでしょう。

フロリゼル　善きカミロ、彼女は自分の
育ちのはるか先を行く人だ。生まれでぼくの
後ろにいるのと同じくらいに。

カミロ　教育を受けず
お気の毒とは言えませんな、教師を教える
ほどの方にお見受けします。

パーディタ　この赤面を
お礼の印とさせてください。

フロリゼル　かわいいパーディタ。

だけど、ああ、ぼくらはイバラの上にいる。カミロ、
父上の、そして今は、ぼくの守護者、
わが家の薬、ぼくたちはどうすればいい？
ボヘミア王の息子らしい衣装もないから、
シチリアでもそうは見られまい。

カミロ　　　　　　　　　　　　ご心配には
及びません。ご存知の通り、わたしの財は
シチリアにあります。殿下が王の特使に
見えるようご準備しましょう、演じられる
場面をわたしが書くかのように。たとえば、殿下、
不足なしとおわかりいただくため、一言。〔以後、観客には聞こえない〕

〔オートリカス登場〕

オートリカス　〔傍白〕はっはっは、「誠実さ」とはなんたる阿呆だ。そして兄弟分
の「信頼」とはなんたる単純な紳士だ。見かけ倒しのにせ物は全部売れた。

宝石の模造品、リボン、鏡、におい玉、ブローチ、手帳、歌、ナイフ、テープ、手袋、靴紐、ブレスレット、角製の指輪、すべてなくなり、おれの荷袋は断食中だ。あの連中、われ先にと群がった。くだらん商品がまるで神聖なもので、買えば祝福をもらえるみたいに。おかげで、誰の財布が一番見栄えがいいか見えたから、後で役立てようと覚えておいた。そしてあの道化だ。あいつはちょっと頭が足りん奴だから、小娘のための歌に惚れ込みやがった。これに群れ歌詞と調べを覚えるまで、子豚みたいな足を動かそうとしない。これに群れの残りが集まってきて、感覚をすべて耳に集めて聴き出した。感覚がなくなってるから、スカートのスリットに手を入れることもできそうだった。股袋から財布を切り取ることなんてなんでもない。鎖にぶらさがった鍵束でも削り取れそうだった。あの旦那の歌以外、聴きも感じもせず、その何もない歌を崇めてるんだ。だからこの麻痺の時間に、おれは連中の祭り用の財布をほとんど掏ったり、切り取ったりしてやった。あの爺さんが、娘と王の息子についで大騒ぎしながらやってきて、おれのカラスどもを驚かし、もみ殻から追い払ったりしなければ、全軍勢の財布をひとつとして生きては帰さないところだった。

〔カミロ、フロリゼル、パーディタの会話が再び観客に聞こえ始める〕

カミロ いえ、殿下のご到着後すぐ、このやり方で

わたしの手紙が着けば、ご懸念も晴れましょう。

フロリゼル そしてリオンティーズ王からきみへの手紙で——

カミロ お父上も満足なさる。

パーディタ あなたに幸あれ。

今のお話、良さそうです。

カミロ 〔オートリカスに気付いて〕誰でしょう、あれは？

使えそうです。助けになりそうなものは

見逃してはいけません。

オートリカス 〔傍白〕盗み聞きされていたら吊るし首だ。

カミロ どうした、おまえ。どうしてそんなに震えている？ 怖れることはない、

危害は加えないから。

オートリカス しがない男でございます、旦那さま。

カミロ　それならそのままでいるがいい。それを盗む奴はここにはいない。だがその貧しい外見は交換してもらわねばならん。だから服を脱いでくれ。差し迫った事情があると思って、この紳士と服を取り替えてくれ。金勘定ではこの方には損だが、ちょっと待て、付け足すものもある。〔金を渡す〕

オートリカス　しがない男でございます、旦那さま。〔傍白〕あなた方が誰かよく知ってるぞ。

カミロ　頼む、急いでくれ、この紳士はもう、半分、服を剥いでおられる。

オートリカス　本気ですか、旦那さま？　〔傍白〕臭うぞ、たくらみが。

フロリゼル　急いでくれ、頼む。

オートリカス　たしかに手付を受け取りましたが、心が痛んで、いただくことはできません。

カミロ　とにかく脱ぐんだ。〔フロリゼルとオートリカスは服を交換し始める〕

〔パーディタに〕幸運なる妃殿下――わたしのこの予言が

成就しますように――、あなたはどこか物陰に

身を隠し、愛しい人の帽子を取って、

目深に被り、顔も覆って、その上着は
脱ぎ捨てるのです。見張りの目が心配ですが、
できるだけ、真実の姿と似ても
似つかぬものになれば、船に乗ることが
できるでしょう。

パーディタ　このお芝居で、わたしも一役
演じなければなりませんね。

カミロ　仕方ありません。
〔フロリゼルに〕終わりましたか？

フロリゼル　父に会っても息子とは
わからないだろう。

カミロ　いいえ、帽子はいけません。〔フロリゼルから帽子を取ってパーディタに渡す〕
さあ、お嬢さん。〔オートリカスに〕さらばだ、友よ。

オートリカス　さようなら、旦那さま。

フロリゼル　ああ、パーディタ、忘れていたことがあった。
ちょっと一言。〔フロリゼルとパーディタはふたりだけで話し始める〕

カミロ　〔傍白〕次にすべきはこの駆け落ちと彼らが向かう
先について王にお知らせすることだ。
王子を追うよう説得し、お伴をして、
シチリアをもう一度目にしたい。
あの景色を求める気持ちはまるで妊婦の
食欲だ。

フロリゼル　〔パーディタに〕運命のご加護を祈ろう。
カミロ、これからぼくたちは海岸に向かう。

カミロ　急がれるがよいでしょう。　〔フロリゼルとパーディタ、カミロ、退場〕

オートリカス　何しているかわかったぞ。おれは聞いた。開いた耳に、鋭い目、器用な手はスリに必要不可欠。良い鼻も求められる、耳や目や手に仕事を嗅ぎ出してやるために。どうやら今は正しくない人間が栄える時のようだ。〔服を指して〕何という交換か、おまけがなかったとしても！　〔手付を指して〕何というおまけか、この交換にもかかわらず！　今年は神々はおれたちに目をつぶってくれそうだから、即興で何でもできそうだ。王子自身、悪事に取りかかり、足に枷(1)を付けて父親から逃げ出すんだ。たとえこれを王にお知らせするのが誠実なことだと思っても、おれはやらないでおこう。隠しておく方がより悪党らしいからな。この点、おれは自分の職業に忠実だ。

〔羊飼いと道化登場〕

さあ、さあ脇へ行こう。頭を使うことが出て来たぞ。路地の奥、店、教会、法廷、絞首台、すべて、注意深い人間には仕事をくれる。〔オートリカス隠れる〕

道化　どういう状況かわかっただろ。他に方法はないよ、あの子が取り替えっ子で、自分の血肉を分けた子ではありませんって王に言う以外。

羊飼い　いや、まあ聞け。

道化　いや、まあ聞いて。

羊飼い　じゃあ話せ。

道化　あの子は父さんの血肉を分けてはいないから、父さんの血肉は王を怒らせてはいない。だから父さんの血肉は王に罰せられることもない。あの子の近くで見つけた物を見せるんだ。彼女が今身に着けているもの以外、秘密のものはすべて。そうすれば法律はさっと素通りしてくれる。請け合うよ。

羊飼い　王に一言残らずすべてお話ししよう、そう、ご子息の悪ふざけもな。あの人は、言ってしまえば、誠実ではないんだ、お父上にも、わしにも。わしを王の義理の兄弟にしようとしたんだから。

道化　その通り。王の義理の兄弟なんて、父さんにこれほど縁遠いことはない。そうなっていれば父さんの血の一オンス(2)はかなり高価になってたね。

オートリカス　〔傍白〕賢いな、子犬たち。

羊飼い　よし、王のもとに行こう。この包みの中には、王があご鬚(ひげ)を触りながらお考えになるものがある。

---

(1)　パーディタのこと。
(2)　重量の単位。二八・三四九五グラムに相当。

オートリカス 〔傍白〕この訴えは、ご主人の逃避行を邪魔するかもしれん。

道化 宮殿にいらっしゃることを祈るよ。

オートリカス 〔傍白〕おれは誠実な人間に生まれなかったが、偶然そうなることもある。行商人の髭はしまうとするか。〔変装用の髭を取り、宮廷人のふりをして、羊飼いたちに〕どうした、田舎者ども、どこへ行く？

羊飼い 宮殿でございます。

オートリカス 宮殿で用だと？ 何の用だ？ 誰に用だ？ その包みは何だ？ 居住地は？ 名前は？ 年齢は？ 財産は？ 家柄は？ 知らせるべきことをすべて明かせ。

道化 取るに足りない者でございます。

オートリカス 嘘だ。毛深い頭があるではないか。わたしに嘘はやめよ。嘘が似合うのは商人だけだ。奴らは商売でわれわれ兵士によく嘘をつくが、われわれは決闘ではなく貨幣でそれに応えてやる。だから奴らはわれわれに嘘をついたことにはならんのだ。

道化 そのようにおっしゃらなければ、あなたさまも嘘をおっしゃるところでした。

羊飼い　宮廷のお方でしょうか、伺ってもよろしければ。

オートリカス　よろしいもよろしくないも、宮廷人だ。この服装から宮廷の雰囲気がわからんのか？　歩き方が宮廷風ではないか？　その鼻は宮廷の香りを受け取っておらんのか？　おれはおまえの卑しさを宮廷風の軽蔑の目で見ておらんか？　おまえの用件を聞き出そうとするから、宮廷人ではないと思うのか？　わたしは全身、宮廷人。おまえの用件の、後押しも引き下げもできる。それゆえ命じる、何の用事か明かすのだ。

羊飼い　陛下への用件でございます。

オートリカス　どんな取次を持っておる？

羊飼い　どういうことでしょう、伺ってもよろしければ。

道化　〔羊飼いに〕「取次」は宮廷用語でわいろの「キジ」のことだよ。持っていないと言おう。

羊飼い　何もございません。キジもオンドリもメンドリも持っておりません。

オートリカス　なんたる恵みだ、馬鹿な人間でないことは！
だが自然はこんな風にもわたしを生み得た。

だから蔑みは控えよう。

道化 〔羊飼いに〕まちがいない、これは偉い宮廷人だ。

羊飼い 〔道化に〕衣服は高そうだが、うまく着こなしとらん。

道化 〔羊飼いに〕奇抜だからこそ、より高貴に見える。偉いお方だ、絶対に。あのつまようじの使い方からわかる。

オートリカス その包み、中身は何だ？ その箱はなんのためだ？

羊飼い この包みと箱には秘密がございまして、陛下だけにお知らせしたく、しかも一時間以内にお知らせしたいのです。謁見がゆるされればでございますが。

オートリカス 老人よ、無駄骨だったな。

羊飼い なぜでしょう？

オートリカス 陛下は宮殿にはいらっしゃらん。新しい船へとお向かいになった、憂鬱をはらい、新鮮な空気にお当たりなるためだ。おまえに深刻な話がわかるなら、覚えておけ、陛下は今、悲しみに満ちておられる。

羊飼い そのように聞いております。ご子息が羊飼いの娘と結婚しそうになったとか。

オートリカス　その羊飼いがまだ捕まってないなら、逃げるがよい。あいつが受ける呪いや拷問の痛みは人の背骨を、いや怪物の心臓をも砕くだろう。

道化　そのようにお思いで？

オートリカス　そいつだけではない、工夫によって厳しくなり、復讐によって激しくなった拷問を味わうのは。血のつながっている者たちは、たとえ五十親等離れていても、首吊り役人のもとに送られる。かわいそうだが仕方がない。石羊に口笛吹くごろつき、羊の世話役が、娘を王室に入れようとしたのだ。石責めにすべきと言う向きもあるが、おれに言わせれば、そんな死刑では甘すぎる。王座を羊小屋に入れようとしたんだ。ありとあらゆる死刑を使ってもまだ足りない。もっとも苛酷なものでも軽すぎる。

道化　その老人には息子がいると聞いておられるでしょうか、伺ってもよろしければ。

オートリカス　息子がいる。そいつは生きたまま皮を剝がされ、全身に蜂蜜を塗られ、スズメバチの巣の上に、四分の三ともう少し、死にかけるまで立たされた後、気付けの酒か熱い煎じ薬で意識を戻され、皮膚が剝けているにもかかわらず、一年でもっとも暑い日にレンガの壁にもたせかけられ、太陽が南からの目を向けて見守る中、ハエにたかられ死にゆくのだ。しかしそんな裏切り者の悪党について話をしていて何になる。奴らの苦しみなど笑っておけばよい。奴らの罪は極めて重い。さあ、教えてくれ、おまえたちは正直で素朴に見えるからな。陛下に何の用事がある？　わたしは紳士として名が少しは通っているから、船にお乗りになった陛下の御前へとおまえたちを連れて行き、代わりに陛下にこっそりお伝えしてやってもよい。陛下以外におまえたちの望みをかなえられる人間がいれば、それはここにいるこのわたしだ。

道化　〔羊飼いに〕すごく権威のある方みたいだ。お願いして、金貨を差し上げよう。「権威」は頑固な熊みたいなものだけど、金貨を使えば鼻面をとって引き回せる。あの方の手の外側に、父さんの財布の内側を見せれば、面倒を省ける。石責めや皮剝ぎの刑を思い出すんだ。

羊飼い　〔オートリカスに〕伺ってもよろしければ、そのお仕事をお引き受けいただけますでしょうか？　ここに金貨がございます。あとでさらに同じ額をお渡しできますから、お持ちするまでこの若者を担保として置いて行きます。

オートリカス　わたしが約束を果たした後に、ということだな？
羊飼い　さようでございます。
オートリカス　よし、ではまず半分よこせ。おまえも関係者か？
道化　ある意味そうでございます。わたしの用件はかわいそうだとお思いいただけるものでございます。といっても皮は剝がされたくありませんが。
オートリカス　いや、それについては羊飼いの息子以外、代わりはいない。あいつは吊るし首になって、見せしめになればいい。
道化　〔羊飼いに〕元気出して、元気出して。王のところに行ってこの不思議なものをお見せしよう。あの子は父さんの娘ではなく、おれの妹でもないってお知らせしないとおれたちはおしまいだ。〔オートリカスに〕うまくいきましたら、この老人と同じだけを、お支払いします。さきほどこの者が申した通り、お金が届くまで、わたしは担保として残っております。
オートリカス　信じてやろう。海岸に向かって歩いて行け。右手からだ。おれは垣根で用を足し、すぐ追いつく。
道化　〔羊飼いに〕天の恵みだ、この方に出会えたのは。天の恵みだ。

羊飼い 〔道化に〕行こう、言われた通りに。この人はわしらに良いことをしてくださるため、天から遣わされたんだ。

〔道化と羊飼い退場〕

オートリカス 正直者になる気はあっても、運命の女神がそうはさせてくれない。おれの口にご褒美を落としてくれるんだから。しかもふたつもだ。まずは金貨。そして、ご主人である王子の役に立てる機会。これは出世につながるかもしれん。この目の見えないもぐら二匹を王子の船に乗せるとしよう。もし王子が、船から下ろせ、王への訴えも自分には関係ない、とおっしゃるなら、差し出がましいことをしたせいで、ごろつき呼ばわりされればいい。そういう扱いや恥には慣れている。奴らを王子に差し出してみよう。何かがあるかもしれん。

〔退場〕

第五幕第一場〔シチリア王国〕

〔リオンティーズ、クリオミニーズ、ダイオン、ポーライナ登場〕

クリオミニーズ　もう十分になさいました。聖人のごとき
悲しみも示されました。どんな過ちも
償われぬはずがございません。過失より
多くを懺悔なさったのです。天がお忘れの
ように、その罪をお忘れになり、天とともに
ご自身をおゆるしください。

リオンティーズ　彼女と彼女の
美徳を覚えている限り、自分がそれを
汚したことが忘れられず、自分の為した

過ちをずっと考えてしまう。あまりに大きい
この過ちはわが王国から世継ぎを奪い、
夫が希望を生み出し得る、もっとも優しい
妻を亡き者にした。真実だ。

ポーライナ　　　　そうです、陛下。
世界中の女性を次々娶(めと)っても、
全員から良いところを取ってきて
完璧な女性を作っても、あなたが殺した
お方には並び得ません。

リオンティーズ　　　　その通りだ。「殺した」？
おれが「殺した」？　そうだ。だが、その言葉は、
おれをきつく打つ。苦い、おまえの舌から出ても、
おれの思いの中と同様に。ああ、頼む、
それを言うのはたまにしてくれ。

クリオミニーズ　　　　いいえ、もうおやめを、

善きご婦人。これまでももっとおっしゃれたはず、
その時々に益をもたらし、その優しさに
ふさわしいことを。

ポーライナ　あなたも陛下を再婚させたい
おひとりね。

ダイオン　そう願わぬなら、あなたは国や、
陛下の御名を後世に残すことを
気にかけておられない。お世継ぎ作りに
失敗なさると、どんな危険が国に舞い降り、
為す術のない傍観者たちを食い尽くすか、
考えておられないのです。先のお妃さまが
安らかにお休みだと喜ぶことは
聖なること。だが、王の血筋を回復させ、
今の慰め、そして将来の善のため、
陛下の寝所をもう一度、優しい伴侶で

祝福するのも聖なることです。

ポーライナ　　　　　　　　　　　おられません、
亡きあのお方と釣り合う方は。　それに神々は
秘められたご計画を進められるはず。
聖なるアポロはおっしゃったのではないですか？
ご神託の趣旨ではなかったのですか？
リオンティーズ王は世継ぎを持つことはない、
失われた子が見つかるまでは[44]、と。　もしそうなるなら、
それは人の理解を超えたおそるべきこと、
わたしの夫アンティゴナスが、墓を破って
帰ってくるのと同じぐらいに。　命にかけて、
夫は赤子とともに死にました。　天に反し、
その意思に背けと陛下にご忠告
なさるのですか。〔リオンティーズに〕お世継ぎについて考えては
なりません。　きっと王冠が見つけてくれます。

アレクサンダー大王も最上の人に
後を任せるため、もっともふさわしい者に
王冠を残しました。[45]

リオンティーズ　善きポーライナ、
ハーマイオニの思い出を尊んで
いるのだな。ああ、あの時、おまえの忠告に
従っておけばよかった。そうすれば今も
妃の大きく開いた目を見、あの唇から
宝を受け取ることができた。

ポーライナ　そして、その唇は
与えたことでより豊かに。

リオンティーズ　それは真実だ。
あのような者はもういない。妻は娶らぬ。劣った
妻を大事にすれば、彼女の聖なる霊が
ふたたび遺体に宿り、われわれ罪人のこの

舞台に魂乱して現れ、言うはずだ、「これは
ひどい仕打ちです」と。

ポーライナ　その力がおありなら、
当然のこと。

リオンティーズ　そうだ、そしておれを怒らせて、
再婚相手を殺させるだろう。

ポーライナ　わたしなら
そうします。わたしが亡霊ならば、その女の
目をよく見るように言い、その鈍い目のどこに
惹かれたのか尋ね、よく聞いてもらおうと
耳をつんざく悲鳴を上げて、言うでしょう、
「思い出して、わたしの目を」と。

リオンティーズ　星だ、星だった。
他の目はどれも死んだ石炭だ。心配するな。
妻は娶らぬ、ポーライナ。

ポーライナ　　　　　　　　お誓いください、
　わたしがお認めしない限り結婚しないと。
リオンティーズ　誓う、ポーライナ。魂が清められるためにも。
ポーライナ〔クリオミニーズとダイオンに〕ではおふたりもこの誓いの証人に。
クリオミニーズ　ご忠告が行きすぎです。
ポーライナ　　　　　　　　　　　　ハーマイオニさまの
　絵姿のような方が陛下の目に
　映らぬ限り――
クリオミニーズ　どうかおやめを。
ポーライナ　　　　　　　わかりました。
　ですが結婚をお望みなら、もしそうなら、
　仕方ありません。お妃を選ぶ仕事は
　お任せを。先のお妃さまのように若くては
　いけません。彷徨（さまよ）い出た亡霊が、
　陛下の腕にいるのを見て、喜ぶような

お方でないと。

リオンティーズ　まことなるポーライナ、

結婚はしない、おまえが命じるまで。

ポーライナ　　　　　　　　　　それは、

先のお妃さまが息を吹き返される時。

それまではなりません。

［従者登場］

従者　ポリクシニーズ王のご子息、王子フロリゼルと

名乗るお方が、妃殿下と——これまでわたしが

見たことのないほど美しいお方ですが——

ご拝謁を賜りたいと。

リオンティーズ　　　　　どういうことだ？

父王の偉大さに合わぬ訪れ方だ。

儀礼抜きで突然に来たということは、

予定された訪問ではなく、突如必要に
迫られたのだな。従者は？

従者　卑しい者ばかり、
数名です。

リオンティーズ　妃殿下も一緒だと？

従者　はい。大地が生み、太陽が照らした中で、
他に類を見ないお方です。

ポーライナ　ああ、ハーマイオニさま、
どの「現在」も、より良き「過去」より自身が上だと
自慢するように、お墓のあなたも、今、人の目に
入るものに道を譲らねば。〔従者に〕あなたは以前も
そうおっしゃり、詩にお書きになった。でもその言葉は
今、その対象よりも冷たい。以前も以後も
比類がない、とあなたの詩行はあのお方の
美とともに流れていたのに、その潮は引き、

従者　優る美を見たとおっしゃる。　　　おゆるしください。
あのお方を忘れかけておりました。
おゆるしを。でもこのお方をご覧になれば、
あなたの舌も動くでしょう。このお方が
宗派を開けば、他宗信者の熱意を冷まし、
付いて来るよう命じられれば、みな、改宗
することでしょう。

ポーライナ　　　　何と。女性以外は、でしょう。

従者　女性にも愛されます、どんな男性
よりも立派な女性ですから。男性にもです。
類まれな女性ですから。

リオンティーズ　　　　行って来てくれ、
クリオミニーズ。高貴な友を伴い、彼らを
わが抱擁へと連れて来てくれ。

〔〔クリオミニーズ、従者と〕退場〕

しかし妙だ。
このように突然来るとは。

ポーライナ
もしも王子が、
珠玉の御子が、今この時にいらっしゃれば
良きお相手となられたでしょう。お誕生も
ひと月と違いません。

リオンティーズ
たのむ。やめてくれ。わかっているはず、
話に出るたび、おれはあの子を失うのだ。
この紳士に面会した時、その言葉は、
理性を奪うようなことを、きっとおれに
考えさせることだろう。来たようだ。

［フロリゼル、パーディタ、クリオミニーズ、その他登場］

母君は貞淑であられた、王子よ。
父王の写しを刷るようにあなたを

お産みになった。もしもわたしが二十一なら、
お父上の姿があなたに見事に写って
いるから――まさにあの雰囲気が――、かつてのように
「兄弟」と呼び、以前にふたりでしたことを
夢中で話しそうになる。よく来てくれた。
美しきあなたのお妃、いや、女神も。ああ、
わたしは失くした。優美な姿のおふたりのように、
天と地の間に立って、驚嘆を生んだ
であろうふたりを。そしてさらに失った、
――すべて自分の愚かさゆえ――あなたの立派な
お父上との交流や友情を。
惨めな身だが、まだ生きていたいのは、
もう一度お会いしたいがため。

フロリゼル　　　　　その父の命(めい)で
シチリアにまいり、父からの、友愛に満ちた、

そして、王が兄弟に伝え得る限りの、
ご挨拶を申し上げます。老年に
仕える病が、ご拝謁のために望まれる
力を奪わなければ、両王座の間の
大地と海を越え、父自らお目にかかりに
来たことでしょう。お伝えするよう言われました、
父は陛下を愛していると、王笏を持つ
存命中のどの王よりも。

リオンティーズ　〔ポリクシニーズを思い浮かべ〕ああ、兄弟、
善き紳士、きみに犯した誤ちが
わたしの中によみがえる。親切極まる
この計らいから読み取れるのは、自分ののろまな
怠慢だ。〔フロリゼルに〕ご訪問を歓迎しよう、
大地が春を迎えるように。だがお父上は、
畏怖すべきネプチューンの怖ろしい——または、

優しからぬ——扱いに、この美の鑑(かがみ)をさらし、
彼女の苦労や危険に値しない男に
ご挨拶をしてくださるのか？

フロリゼル　陛下、彼女は
リビア(1)からまいりました。

リオンティーズ　高貴な猛者(もさ)スマラス(2)46が
怖れられ、愛されているあの国か？

フロリゼル　陛下、そこからです。あの方の別れの涙が
実の娘だとよく示しておりました。
そしてそこから、優しい南の順風に乗り、
陛下をお訪ねせよという父の命を
果たすため、海を渡ってまいりました。
主な従者はシチリアの岸で任を解き、
ボヘミアに向かわせました、リビアでの
わたしの成功だけでなく、わたしと妻が

この場所に無事に到着したことも
伝えるために。

リオンティーズ　ここにご滞在の間、
恵み深き神々が、この大気から
悪疫すべてを清めんことを。お父上は
聖なるお方、恩寵に満ちた紳士だ。しかし
その神聖な人にわたしは罪を犯した。
それを見ていて怒った天は、わたしに世継ぎが
ないままにした。一方、天は――その価値が
ある人だから――、彼の善良さに見合うあなたを
お恵みになった。どのようであっただろうか、
わたしが今、おふたりのような、息子と娘の

---

(1)　ボヘミアとシチリアを結ぶ延長線上の北アフリカに位置する。種本ではパデュア。
(2)　「スマラス」(Smalus)という名前の出典は不明。補注**46**も参照のこと。

立派な姿を見ることができたなら。

［貴族登場］

貴族　陛下、
この知らせは信じていただけなかったでしょう、
近くに証拠がなかったのなら。申し上げます、
ボヘミア王がわたしを通してご挨拶なさり、
ご子息を捕らえてほしいとお望みです。
地位や義務を投げ捨てて、お父上から、
そのご期待からお逃げとのこと、しかも羊飼い
の娘とです。

リオンティーズ　ボヘミア王はどちらに？　申せ。

貴族　ここ、陛下の町です。そこから今戻りました。
混乱して申しております、この驚きと
知らせの中身にふさわしく。ボヘミア王は

この美しいご夫婦を追い、宮廷へと
お急ぎになる道すがら、貴婦人に見える
この方の、父と兄に出会われました。
ふたりとも、こちらの若き王子と一緒に
国を出たようです。

フロリゼル　カミロが裏切るとは。
彼の名誉と誠意は今までどのような
天候にも耐えてきたのに。

貴族　直接お責めを。
お父君とおられますから。

リオンティーズ　何？　カミロがか？

貴族
カミロです。わたしも話をしましたが、今は
哀れな親子を問いただしております。あれほど
震える惨めな連中を初めて見ました。
ひざまずき、大地にキスをし、「違います」と

誓うばかり。ボヘミア王は耳を閉ざし、
あらゆる死刑で脅しています。
パーディタ　ああ、かわいそうな
お父さん。天は常に見張りを付けて、
この婚約を祝ってくれない。
リオンティーズ〔フロリゼルに〕ご婚姻は？
フロリゼル　しておりません。できるかどうかも、わかりません。
星々が谷に口づけする方が先でしょう。
運とは貴賤を問わず平等なもの。
リオンティーズ　殿下、
こちらは王の娘なのか？
フロリゼル　そうです、
ひとたびわたしの妻になれば。
リオンティーズ　その「ひとたび」は、善きお父上の速さからすると、
ゆっくりとしか来ないようだ。残念だ、

じつに残念だ。従うべきお父上の
ご不興を買ったとは。同じく残念だ、
選んだ人が、その美しさほど、妃としての
価値に富んでいなかったとは。

フロリゼル　〔パーディタに〕元気を出して。
運命が敵として姿を現し、
父上と追いかけてきても、ぼくらの愛を
変える力は少しもない。〔リオンティーズに〕どうか陛下、
「時」への借りがわたしほどであった頃の
愛を思い出していただき、お取次を
お願いします。陛下の頼みとあらば、父は
貴重なものも些末に見なし、与えてくれます。

リオンティーズ　もしそうなら、わたしがもらい受けたい、些末と
された、その貴重な方を。

ポーライナ　陛下、お目が

お若すぎです。お妃さまはお亡くなりになる
ひと月前でも、今ご覧のこの方より、
その視線に値しました。

リオンティーズ　　見つめながら、
彼女のことを思っていたのだ。(1)〔フロリゼルに〕あなたの頼みに
まだ答えていなかった。お父上の
もとへ行こう。名誉を汚さぬ愛の想いを
お持ちなら、わたしは味方だ。その使いとして
彼のもとへ今から向かおう。だから付いて来て、
どう進めるか、ご覧になるがいい。さあ行こう。

〔一同退場〕

第五幕第二場〔シチリア王国〕

［オートリカスと紳士〔一〕登場］

オートリカス　ということは、話が語られた時に居合わせたのですね？

紳士一　包みが開かれた時、近くにいて、どのようにそれを見つけたのか、老羊飼いが語るのを聞いたのですが、驚きが広がった後、まもなく、わたしたちは部屋から出るように命じられたのです。唯一聞こえたように思うのは、子供を見つけた、と羊飼いが言うところでした。

オートリカス　結末をぜひ知りたいものです。

紳士一　とぎれとぎれでよいなら、お話ししましょう。わたしが気付いた陛下とカミロさまの変化には、おふたりの驚嘆がよく表れていました。互いを見つめ合って、ほとんど目が飛び出るかのよう。その沈黙には語らいが、身振りには言葉がありました。ひとつの世界が救われた、あるいは滅ぼされたと聞い

（1）この箇所の、リオンティーズの行動に関する種本との違いは訳者解説「Ⅰ-4　種本について」を参照のこと。

たかのようでした。激しい驚きがはっきり表れていたものの、ただじっと見ている賢い人でも、それが喜びか悲しみかはわからず、どちらかの極みに違いないとしか言えなかったでしょう。

〔紳士(二)登場〕

あそこに来た紳士はおそらくもっと知っています。何か知らせは、ロジェロさん？

紳士二 祝いのかがり火です。神託が実現し、お嬢さまが見つかりました。こんなに多くの驚きが、この小一時間で明らかになっては、歌(バラッド)の作者も追いつけない。

〔紳士(三)登場〕

あそこにポーライナさまの執事が来た。彼ならもっと詳しく話してくれるでしょう。〔紳士三に〕今はどんな様子ですか？　この知らせは真実だと言われていますが、まるで古い物語みたいで、本当かどうか、きわめて疑わしく思えます。王は世継ぎを見つけたのですか？

紳士三　本当にそうなのです、状況から真実が明らかになるのなら。話を聞けば見たと誓いたくなるほど、証拠が一致するのです。ハーマイオニ王妃のマント、その襟元の宝石、ともに見つかったアンティゴナスさまの手紙、確認されたその筆跡、お母上そっくりのあの方の威厳、育ちを超えて自然が示す高貴なご気質、その他多くの証拠が、あの方をたしかにお嬢さまだと示しているのです。ふたりの王の再会はご覧に？

紳士二　いいえ。

紳士三　では、ご覧になるべきものを見逃しましたね。なかなか言葉では語れません。新たな「喜び」が次々と、前の「喜び」を冠のように飾り、「悲しみ」そのものが泣いて、おふたりに別れを告げているかのようでした。おふたりの喜びは涙の川を進んだのです。天を仰いだり、手を高く差し上げたり、混乱した面持ちをなさったりで、お顔ではなくお召し物でしか、見分けがつかないほど。わたしたちの王は、お嬢さまが見つかったお喜びでご自身の身体から飛び出さんばかりでしたが、その喜びが喪失へと変わったかのように

「ああ、おまえの母は、おまえの母は」とお叫びになる。かと思えば、ボヘミア王におゆるしをお求めになり、婿君を抱擁なさり、またお嬢さまをきつく胸にお抱きになる。そして今や老羊飼いに感謝なさる。羊飼いが涙を流して突っ立つ、そのさまは、風雨にさらされながら、幾多の王の治世を見て来た噴水のよう。このようなめぐり逢いは聞いたことがありません。あまりのことに、後を追う「報告」は足を引きずり、「描写」も仕事ができない始末。

紳士二 アンティゴナスさまはどうなりました? 赤子をここから運んだ後に?

紳士三 それも古い物語のようなのです——「信用」が眠り、聞く耳がない時も語られ続ける類の——。あの方は熊によってばらばらに食いちぎられたのです。羊飼いの息子がこれを証言しています。この男のあふれんばかりの愚直さには真実味があるだけでなく、彼が持っていたハンカチと指輪もポーライナさまが確認できるものでした。

紳士一 アンティゴナスさまの船と従者はどうなりました?

紳士三 主人の死と同時に難破しました、羊飼いが見ている中。赤子を捨てるのを助けた手段はすべて、赤子が見つかった時に失われたのです。しかし、ああ、喜びと悲しみとの間で繰り広げられていた、ポーライナさまのあの気高き闘い！　片方の目は、夫を亡くしたがゆえに下を向き、もう片方は、神託が実現したがゆえに上を向いていました。そして王女さまを大地から抱き上げ、まるで胸に針で留めるかのようにしっかりと抱擁されたのです。二度と失われる危険がないように。

紳士一　威厳に満ちたこのひと幕は、王侯を観客とするにふさわしい。王侯によって演じられたのだから。

紳士三　中でも特にすばらしく、釣り針のようにわたしの目を引っかけたのは――かかったのは魚ではなく水ですが――、お妃さまのご逝去が語られた時でした。どのようにしてお亡くなりになったか、王は勇敢にも告白され、お嘆きになり、それを熱心に聞いておられたお嬢さまも心を痛められ、次から次へと悲しみの表情を見せながら、「ああ」という声とともに、そう、涙の血を流された、と言ってよいでしょう。わたしの心も血の涙を流しました。大理石の心を持った者でさえ顔色を変え、中には気絶した者もおり、全員が悲しみに暮れたのです。全世界がこれを見ていたら、あまねく悲しみが広がったことでしょう。

紳士一　みなさん、宮廷に戻られましたか？

紳士三　いいえ、王女さまがお母上の像についてお聞きになり――ポーライナさまがお持ちの像ですが――、あれは何年もかけて作られ、ようやく完成した、あの類まれなるイタリアの巨匠ジュリオ・ロマーノ[147]の作品で――彼は仮に永遠の時を持ち、作品に息を吹き込むことができれば、自然の女神から仕事を騙し取れそうな、完全に彼女を真似る猿といったところです。その彼が、ハーマイオニさまに極めて近いハーマイオニ像を作り、見る者が話しかければ、答えを期待して立ち尽くしてしまうとのこと。みなさん、愛情ゆえの貪欲さでこれをご覧になりたいと、そちらへお向かいになり、そこで夕食も召し上がるおつもりです。

紳士二　ポーライナさまは、あそこで何か大事なことをされていると思っていました。というのも、ハーマイオニさまのご逝去以来、日に二、三度おひとりで、ひっそり離れたあの家を訪ねておられましたから。わたしたちもそこに行って、喜びに加わりましょう。

紳士一　参加できる人ならみな、そこにいたいと思うでしょう。瞬きするたび、新たな恵みが生まれるのですから。その場にいないとわからないことが増えてしまいます。さあ、行きましょう。

［〔紳士たち〕退場］

オートリカス　さてと、これまでの人生がなければ、出世が頭の上に降ってきたところだ。おれはあの老人と息子を王子の船に乗せ、王子に言った、包みやら何やらについて奴らが話すのを聞きました、と。だが王子はその時、羊飼いの娘――と思っていた子――に夢中で、彼女は船酔いがきつくなり、王子自身も似たありさま、ひどく荒れた天気も収まらず、謎は明かされないままになった。だけどおれにとっては同じことだ。この秘密を突き止めた人間になっていても、他でやった悪事があるから、たいしておいしい思いはできなかっただろう。

［羊飼いと道化登場］

（1）　実在のイタリアの画家、建築家（一四九九―一五四六）。補注**47**も参照のこと。

あそこに来たのは、おれが図らずもいいことをしてやった連中だ。早速、運命が花開いたような恰好で現れたな。

羊飼い なあ、わしは子作りの歳は超えてしまったが、これからはおまえの息子や娘はみな、紳士の生まれだな。(1)

［羊飼いと道化、オートリカスに気付く］

道化 いいところでお会いしましたね。先日、おれが紳士の生まれでないから、決闘しようとしませんでしたね。このガウンが見えます？ 見えないから、紳士の生まれでない、とまだおっしゃるおつもりかな？ それなら、このガウンが紳士の生まれでないと言った方がいいでしょう。さあ、おれを嘘つきだと呼んでみればいい、さあ。今、紳士の生まれでないかどうか、試してみればいい。

オートリカス わかります、今やあなたが紳士の生まれだということが。

道化 そうだ、ずっとそうだった、この四時間。

羊飼い わしもだ、せがれ。

道化 そう、父さんも。でもおれは父さんより前に、紳士の生まれになったんだ。

王のご子息がおれの手を取り、兄上と呼んだ、それからふたりの王が父さんを兄上と呼んで、王子、つまりおれの弟と、王女、つまり妹が、父さんを父さんと呼んで、みんなで泣いた。あれは初めて流した紳士的な涙だったな。

羊飼い　せがれ、わしら、これから長生きして、そんな涙をたくさん流しそうだな。

道化　うん。そうでないなら運が悪い。おれたちはこんなこっけー[2]な身分にいるんだから。

オートリカス　どうかお願いいたします、これまであなたさまにいたしました過ちをおゆるしいただきますよう。そして、わたしのご主人の王子さまへのお取次をよろしくお願いいたします。

羊飼い　お願いだ、せがれ、そうしてあげてくれ。わしらは紳士的でいなくては。

---

(1)　正式に「紳士の生まれ」になるためには、父方、母方ともに三代にわたって紳士である必要があった。紳士は、貴族より下、農民より上に位置する中産層で、紋章を使用する資格が与えられていた。また、紳士の間では相手を嘘つきだと呼ぶと決闘に発展し得た。

(2)　「結構」と「滑稽」との言い間違いであるが、状況を言い当てている側面もある。原文は“preposterous”で、“prosperous”との言い間違い。

今やわしらは紳士なんだから。

道化 生き方を改めるか?

オートリカス はい、そのようにお望みでしたら。

道化 では手を。〔オートリカスと握手する〕王子にお誓いしてみよう、おまえがボヘミアの誰にも劣らず正直で誠実な男だって。

羊飼い そう言うのはいいが、誓っちゃいかん。

道化 誓っちゃだめだって? 今やおれは紳士なのに? 「言う」のは、田舎者や農民だ。おれは「誓う」。

羊飼い もし間違いだったら、どうする、せがれ。

道化 間違えたとしても、まことの紳士たるもの、友人のために誓うんだ。だから王子に、おまえがすごく腕の立つ奴で、酔っぱらいではありませんってお誓いしよう。だけど、おまえの腕はすごくもないし、酔っぱらうってこともわかっているけどな。でも誓ってあげよう。そして、おまえがすごく腕の立つ奴になることを願ってるよ。

オートリカス 力の限り、そうなれるようにいたします。

道化　そうだ、なんとかして証明するんだ。しかしすご腕でもないのに、酔っぱらう勇気はあるなんてほんとうに驚くよ。静かに。王や王子が、つまり親戚のみなさんが、お妃さまの像を見に行くみたいだ。さあ、付いて来い。おれたちがおまえの善い主人になってやる。〔一同退場〕

第五幕第三場〔シチリア王国〕

〔リオンティーズ、ポリクシニーズ、フロリゼル、パーディタ、カミロ、ポーライナ、貴族たち登場〕

リオンティーズ　ああ、厳しく善きポーライナ、これまで大いに安らぎをくれた。

ポーライナ　至らなかった点も、陛下、良かれと思って、いたしました。すべて十分に

報いてくださいましたのに、ご兄弟王や
ご婚約された両国のお世継ぎとともに、
つまらぬ家にお越しいただきましたのは
過分のお恵み。お返しできるほどの長生きは
できそうにございません。

リオンティーズ　ああ、ポーライナ、
この栄誉で手間をかけるが、ここに来たのは
妃の像を見るためだ。今、回廊を
通った際に、多くのまれに見る品で
楽しませてもらったが、わたしたちは
まだ見ていない、娘が見に来たもの、つまり
彼女の母の像を。

ポーライナ　ご生前、比類なきお方
でしたように、命なきこの似姿も
これまでご覧になったものや、人の手が

作ったものに優ると信じ、ひとつ離して
置いております。それはここに。お見せしましょう、
静かな眠りが死を模すように、生をいきいきと
模した姿を。ご覧になり、お褒めください。

〔幕を引き、ハーマイオニの像を見せる〕

そのご沈黙、嬉しい限り。より驚きが
伝わります。でも何かおっしゃって。
まず陛下から。似ていますでしょう？

リオンティーズ　　　　　自然な姿だ。
〔像に〕叱ってくれ、愛しい石よ、おれがおまえを
ハーマイオニだと言うことを。いや、むしろ
叱らないから彼女なのだ。優しかった、
幼子か天の恩寵のように。しかしポーライナ、
ハーマイオニにはこれほど皺はなかった、これほど

歳を取ってはいなかった。

ポリクシニーズ　ああ、その通りだ。

ポーライナ　それだけ彫った者が優れているのです。
十六年を経過させ、今も生きていたかの
ようにしたのです。

リオンティーズ　今生きていれば、こうした姿で
安らぎとなってくれていただろう、この像が今
魂を刺すのと同じほどに。ああ、こんな風に
気品に満ちて立っていた、あたたかい
命を持って——今は冷たく立つだけだが——。
あれは愛を打ち明けた時だった。恥ずかしい。
この石は、おれこそが石だと言って
責めないのか？〔像に〕妃の像よ、その気品には
魔法の力があり、おれの悪を思い出させ、
見つめるおまえの娘からは心を奪って、

石のように立たせている。

パーディタ　迷信だと
おっしゃらずにおゆるしください、ひざまずき、
祝福を乞うことを。〔像に〕お妃さま、
わたしの命が始まった時に終わったお方、
あなたのお手に口づけを。

ポーライナ　ああ、ご辛抱を。
この像は塗り終わったばかり。色も乾いて
おりません。

カミロ　〔リオンティーズに〕十六たびの冬が吹き払えず、夏が
乾かせないお悲しみを、痛切に
重ねられたとは。どんな喜びもこれほど長く
生きたことはなく、どんな悲しみもより早く
命を絶ってきました。

ポリクシニーズ　兄弟よ、

これの原因となった男に、きみから取り
除かせてくれ、この心に担えるかぎりの
悲しみを。

ポーライナ　陛下、わたしのつまらぬ像が
このように作用するとわかっていれば、
——これはわたしのものですから——はじめから
お見せしませんでしたのに。〔幕を引こうとする〕

リオンティーズ　幕を引くな。

ポーライナ　ご覧になってはいけません。じきに動き出す
などとお思いにならぬように。

リオンティーズ　そのまま、そのまま。
死んでもいい、だが思うに、あれはもう——
作ったのはどんな男だ？〔ポリクシニーズに〕ほら、見てくれ。
思わないか、呼吸をしたと、あの血管には
血がほんとうに流れていると。48

ポリクシニーズ　すばらしい出来だ。
あたたかい命が見える、あの唇には。

リオンティーズ　彫った目にも動きがある。人の技に
欺かれているようだ。

ポーライナ　幕を引きます。
お心を奪われ、生きているとお思いに
なりかねません。

リオンティーズ　ああ、優しきポーライナ、
あと二十年、そう思わせておいてくれ。
この世界の、いかに落ち着いた心持ちも、
この狂気の喜びにはかなわない。

ポーライナ　お心を乱してしまい、お詫びいたします。
でもこのままではよりお苦しみに。

リオンティーズ　それでよい、
ポーライナ、この苦しみは、心温まる

慰めと同じぐらい甘いのだ。やはり彼女から風が来るように思えてならない。これまで息を刻み得た鑿(のみ)があっただろうか？　誰も笑うな。彼女に口づけしてみよう。

ポーライナ　陛下、ご辛抱を。唇の赤みはまだ濡れていますから、口づけなさると、そこを傷め、陛下の方も塗料の油で汚れます。幕を引きましょう。

リオンティーズ　いや、二十年待ってくれ。

パーディタ　その間、わたしもそばに立って眺めています。

ポーライナ　我慢なさってこのお御堂(みどう)をすぐお出になるか、あるいはさらなる驚きをご覚悟ください。ご覧になることができるなら、像を動かして、台から降ろし、

お手を取らせましょう。ですが、そうなれば
お思いになります――それには異を唱えますが――
邪悪な力を借りたのだと。

リオンティーズ　何かをさせる
ことができるなら、何でも見たい、話であれば
何でも聞きたい。動かせるなら、話させることも
容易なはずだ。

ポーライナ　必要なのは、信じる心を
呼びさますこと。後はみなさん、じっと動かずに。
わたしがこれからすることが法に合わないと
思う方はお離れください。

リオンティーズ　進めてくれ。
誰も動くな。

ポーライナ　音楽よ、彼女を起こして。
〔音楽が鳴り始める〕

〔像に〕時間です。降りて、石はもうやめ、近づいて。
見ている人を驚きで打つのです、さあ。
お墓は埋めておきます。動いて。さあこちらへ。
麻痺は死へと譲ってください。命があなたを
死から救ってくれたのです。〔リオンティーズたちに〕ほらご覧を。
〔像が動く〕
驚かないで。わたしの呪文が合法なように、
これは神聖な動き。避けてはいけません、
再び亡くなるのを見るまでは。二度殺すことに
なりますよ。ほら、お手を。お妃さまが
お若かった頃、陛下から愛を求められ、
歳を取ればお妃さまから?
〔リオンティーズ、ハーマイオニの手を取る〕[49]
リオンティーズ ああ、あたたかい。
これが魔法なら、食べることと同じように

法に合う技としよう。

〔ハーマイオニ、リオンティーズを抱きしめる〕

ポリクシニーズ　抱きしめた。

カミロ　首元にすがっている。

命を持つなら、何か言葉も話してほしい。

ポリクシニーズ　そう、そして、どこで生きてきたか、あるいはいかに

死から逃れたか、教えてほしい。

ポーライナ　生きておられると

語れば、古い物語のように笑われたはず。

でも生きておられるように見えるでしょう、

お話はまだですが。しばらくご覧を。

〔パーディタに〕どうぞ、お嬢さま。ひざまずいて、お母上から

祝福をお求めください。〔ハーマイオニに〕奥さま、こちらを。

パーディタさまが見つかりました。

ハーマイオニ　神々よ、

お見下ろしになり、神聖な器から
お恵みを娘の上に注ぎたまえ。
〔パーディタに〕教えて、どこで生き延び、暮らし、どうやって
父上の宮廷を見つけたの？
ポーライナから、あなたが生きている望みが
神託にはあると聞いたから、結果を知りたくて、50
生き延びてきたのです。

ポーライナ　その時間は
後で十分に。今はみなさんのそうした話で
お喜びが妨げられてはいけません。
勝者のみなさん、ここをお出になり、お喜びを
分かち合ってくださいませ。わたしは老いた
一羽のキジバト、枯れ枝にでも飛んで行き、そこで
もう見つからない夫のことを嘆いています、
この命が失われるまで。

リオンティーズ　いや、ポーライナ、
おまえはおれの同意によって夫を得る、
おれがおまえの同意で妻を得たように。
ふたりでそう決め、誓っただろう。おまえは妻を
見つけてくれた。どうやってかは後で問おう。
死んだように見え、多くの祈りをむなしく墓に
捧げたのだから。立派な夫を見つけてやるため
はるか遠くを探しはしない。彼の心も
おおよそわかっているからだ。〔カミロに〕さあ、カミロ、
彼女の手を取れ。この人の価値と誠実さは
よく知られている。われわれふたりの王もそれを
ここで請け合おう。さあ、ここから出て行こう。
〔ハーマイオニに〕どうした？　わが兄弟に目を向けてくれ。
ふたりともゆるしてくれ、その清き視線に
悪しき疑念を挟んだことを。これは婿となる

王の息子。神々のお導きにより、
おまえの娘と婚約したのだ。〔ポーライナに〕善きポーライナ、
ここからみなを連れ出してくれ。〔全員に〕そして、離れて以来、
この大きな、時の狭間でどのような役を
演じたのか、ゆっくりとそれぞれに尋ね
答え合おう。さあ、急いで連れ出してくれ。

〔一同退場〕

〔終わり〕

補注

第一幕

1　子供が生まれ、成長することや、老人が杖を突いて歩くことのイメージは、オイディプス伝説における「朝は四本足、昼は二本足、夜は三本足である生き物は何か」という謎解きを彷彿とさせる(答えは人間)。訳者解説の「I-4　種本について」の通り、『冬物語』はロバート・グリーン作の『パンドスト』を種本としているが、『パンドスト』では、「アポロの神託」や「羊飼い」の登場といった設定、ならびに「近親相姦」や「自由意志と運命(神意)との関係」といったテーマにおいてオイディプス伝説を下敷きにしており、シェイクスピアもそれを引き継いでいる。なお、本書においては、基本的に、登場人物の台詞におけるギリシア・ローマ神話の表記は英語読みで記述し、注においてはギリシア語・ラテン語名を適宜、括弧書きで記載した。後者の表記は高津春繁著『ギリシア・ローマ神話辞典』(一九六〇、岩波書店)に拠っている。ただし、日本語に定着したカタカナ表記がある場合、そちらを優先した。

2 アーキデーマスはこれ以降登場しない。冒頭で現れるものの、再登場しない人物のイメージは「不在」や「死」というテーマを暗示すると思われる。

3 原文は"Why, that was when / Three crabbed Months had sour'd themselves to death". さまざまに解釈できる台詞だが、〈小玉リンゴ("crab-apple")が腐って酸っぱくなってしまうような時間〉が第一義であろう。ここには、劇後半(第四幕と第五幕)に焦点が当たる「時」や「自然」といったテーマも反映されている。"crab"を「蟹(座)」と取る解釈もある。引用は、訳者がファースト・フォリオ(一六二三年出版の戯曲全集)を編集したテクストに基づく(以下同様)。

4 前半(第一幕から第三幕まで)のリオンティーズの台詞、特に傍白や独白は、文が頻繁に途切れたり、文の途中で別の文が挿入されたり、表現が圧縮されたりと、思考の乱れや妄想の強さが表されている。この台詞はその最初の例である。韻文の定型リズム(ブランク・ヴァース=脚韻を踏まない弱強五歩格)に乗りながらも、論理や統語法が必ずしも整っていない内面世界が表現されており、シェイクスピアはこの点で『冬物語』において韻文の可能性をさらに広げたと言える(韻文の形式については、訳者解説の「I-3 ことばのライブ上演」も参照のこと)。類似した傾向を持つハムレットやマクベスの台詞にさえも、リオンティーズの台詞ほどの圧縮度や乱れは見られない。

5　この「ああ」(oh)は、①リオンティーズが自分の状況を嘆く「ああ」、②ハーマイオニの「死にゆく鹿のような/ため息」を想像して出した「ああ」、③その両方と解釈できる。アーデン・シェイクスピア第三シリーズ『冬物語』の編者ジョン・ピッチャーは②に性的な含意も見出している(John Pitcher, ed., *The Winter's Tale*, the Arden Shakespeare, Third Series, 2010, 1. 2. 117-18n)。いずれにせよ、②や③の場合、リオンティーズはハーマイオニの恋心を想像しながら彼女の行為を再現(演技)しており、親友と妻への強い思い入れによって、嫉妬が深まっていると言えよう。こうした想像行為は、執筆する劇作家の、あるいは演技する役者の、登場人物に対する想像力と近いものであり、上演された際にはリオンティーズの妄想は迫真性や勢いを得ることになる。

6　一七頁の側注(2)で示したように、当時の出版テクストの多くには「傍白」の印はない。この台詞以降リオンティーズはマミリアスに話しかけながら、自分の想像に浸っていくが、マミリアスにこの台詞がどこまで聞こえているのか、あるいはマミリアスがどこまで理解しているのか、曖昧になっている。少なくとも、リオンティーズの最初の長い傍白と異なり、マミリアスが傍にいることによって、リオンティーズの内面で広がっていた妄想世界が外部へと漏れ始めているプロセスが示されている。次の展開で、リオンティーズはカミロにこの妄想を打ち明け、ポリクシニーズ殺害を命じる。このようにして妄想世界(物語)は現実を徐々に侵蝕していく。

7 「結末」は原文では"issue".『冬物語』において"issue"という語彙は「結末・結果」や「子孫・世継ぎ」の意で頻繁に使われるが、この台詞はその最初の例である。「子孫・世継ぎ」の意では、たとえば、神託の「王は世継ぎなしに生きるであろう」(一〇三頁)という箇所がある。本作最後の"issue"の用例に関しては補注**50**を参照のこと。第一幕第二場のこの台詞からは、リオンティーズの(あるいは一般の)妄想に、未来を先読み・先取りしようとしすぎる傾向があることがわかる。ここから展開していくリオンティーズのエピソードは、人間の人生や行為には「結末」が訪れるが、人間はその「結末」を先読みしたり、制御することはできず、そうした試み自体が別の破壊的な「結末」を引き起こす、といったことを示唆している。このような未来との関係性により"issue"には「時」のテーマとの関連を見て取ることができる。

第二幕

8　出産が近いハーマイオニは、活発な長男マミリアスに手を焼いている。マミリアスは、お腹の子供に注意が向く母の関心を引こうとしているのかもしれない。その場合、夫の親友の接待に注意を向けている妻に嫉妬するリオンティーズの姿と、このマミリアスの姿は類似している。それぞれが分離不安を抱えていると言えるが、リオンティーズの精神状態や振る舞いの子供っぽさに対する皮肉と取ることもできる。

9　アーデン版の編者ピッチャーはこのマミリアスの台詞に関して、以下の見解を示している(2. 1. 8n)。①当時一般的には金髪と白い肌が美人の条件だと思われていたが、侍女二は黒髪と濃い眉毛を持ち、マミリアスはそれをからかっている。②原文において「眉」は"brows"であるが、「額」という意味で"brows"が使われている第一幕第二場のリオンティーズの台詞「このもてなしを／おれの胸は好きになれん、額もだ」(二一〇頁)を想起させる。

10　ピッチャーは「鼻が青い」理由として①風邪、②病気や老化、③鼻をかんだ結果を挙げている。

11　この文全体の主語は「カミロ」だが、最後の「知っていた」(privy)の主語は「こいつ」(she)である。〈カミロは、彼女が知っていたことを、知っていた〉という意になり、自他の状況認識能力に対するリオンティーズの過剰な意識を反映した文となっている。リオンティーズは、他者の内面を把握したいという、実現不可能な欲求に駆られているのである（シェイクスピアはこのテーマを『ハムレット』でも扱っている）。

12 アポロ（アポローン）が生まれたとされるデーロス島は、当時のイングランドでは「デルフォス」として知られていた。種本の『パンドスト』でも、リオンティーズに当たるパンドストは「デルフォス」のアポロ神殿の神託を仰ぐ。アポロの神託としては、ペロポネソス半島の「デルフォイ（デルポイ）」の神殿の神託がもっとも有名であり、オイディプス伝説でもこの神殿の神託が重要な役割を果たす。アポロは第四幕第四場の羊の毛刈り祭でも「太陽神フィーバス」（ポイボス）として言及される。また、音楽や太陽も司る神であることを考慮すると、アポロは羊の毛刈り祭に「音楽」や「自然」（太陽による花の開花）を通して関わっていると言える。

13 第二幕第二場は赤子（パーディタ）の誕生が観客に知らされる場面であるが、空間表象の入れ子構造によって、赤子が母の胎内から出て来るイメージが表現されている。まずポーライナが、「牢獄の建物」を表す舞台に登場し、次にエミリアが舞台裏に想定される「牢獄」から誕生の知らせを持って舞台に現れる。舞台裏の「牢獄」の中にはハーマイオニがおり、そのハーマイオニの中から赤子が生まれたのである。

14 女性は自分の子供が夫の子かどうか、嫉妬で疑うことはない。ポーライナは、リオンティーズの嫉妬には根拠がない、あるいは女性はこのような愚かな嫉妬は行わない、とあてこすっている(と同時に図らずも、女性が浮気し得ることも暗示している)。

15 このようにして、アンティゴナスは善意から内容も聞かずに誓ってしまい、赤子を捨てる任務を与えられる。結果的にアンティゴナスは第三幕第三場において赤子を捨てたボヘミアの地で死を迎える。デルフォイのアポロ神殿の柱に彫られていたという三つの格言の一つ「誓えば破滅が来る」を彷彿とさせるエピソードである(他の二つは「汝自身を知れ」「過剰は無」)。しかしながら、なぜアンティゴナスが死ななければならなかったのかは、登場人物たちにも観客にもわからない。

第三幕

16 『冬物語』と種本の『パンドスト』における、主人公の神託への反応の違いについては訳者解説の「I-4　種本について」を参照のこと。

17 第三幕第三場は、舞台がシチリアからボヘミアに、悲劇から喜劇に、父リオンティーズの物語から娘パーディタの物語に変化する重要な場面となっている。劇全体は十六年を進める「時」のコーラスによって二部構成になっているが、第三幕第三場でも「熊」が場面の真ん中で突然登場し(一六二三年の全集版では、一三八行中六二行目)、場面の前半はシチリア人が登場する悲劇、後半はボヘミア人が登場する喜劇となっており、劇全体の構成をも象徴的に表している。

18 現実のボヘミアは内陸のため海岸はない。しかし種本『パンドスト』にも、ボヘミアに船が到着するくだりや、ボヘミアから艦隊を出すくだりがある。シェイクスピアはこの二行の台詞によって、種本からヒントを得た「ボヘミアの海岸」という虚構の設定を強調し、そのことによって本作の「お話・物語」としての側面を強めている。訳者解説の「I-4 種本について」も参照のこと。

19 種本『パンドスト』では、赤子を捨てたパンドストの部下たちは嵐に遭うが死なず、「熊」も登場しない。『冬物語』の「熊」については、当時の上演において飼いならされた熊が使われたのか、着ぐるみの熊が使われたのか、議論が行われることがある。しかし、生きている熊が単独で舞台の片側のドアから現れ、アンティゴナス役の役者を追って、もう片側へと退場するのは極めて難しく、たとえ熊がうまく役者を追えたとしても、一瞬の出来事に終わり、結局のところ、それが着ぐるみだったのか、本物なのか、観客には判別がつきにくい。そもそも、一一七頁の側注(2)で述べたように、アンティゴナス役の役者が「熊に追われる」演技のみで退場した可能性がある。

つまり重要なのは「熊」の登場の「信じがたさ」自体が観客の印象に残ることであろう。その結果、「熊」は様々なテーマや機能を担うことになる。たとえば、①本作の虚構性ないし物語性を強めつつ、「嘘や単なるお話に思えることを真実として受け取る(信じる)」というテーマに繋がる。②この後に語られる、羊飼いの「本人たちは暖かくしているんだろうよ、この哀れな子より」や道化の「お腹が減っていなければ、熊はひどいことはしないんだけど」からすると、季節は冬で、「熊」は冬眠前なのかもしれない。その場合、「熊」は季節のサイクルを、つまり「時」や「自然」の力を象徴する。③「着ぐるみ」か「本物」かよくわからない状態、あるいは本物の毛皮を使った演出によって、「自然の力」と「人の技」との混交を象徴する。④なぜ唐突にアンティゴナスが殺されたのか観客には「理由」がわからず、神意の測りがたさやその不条理性が示唆される。

また、補注**17**で述べたように、「熊」は第三幕第三場の二部構造を明確にしており、劇全体の「時」と同じような役割も果たしている。さらに、注目すべきは、これまで多くの批評家(Stephen Booth, Margreta de Grazia, Patricia Parker, John Pitcher など)が注目してきたように、原文では"bear"という単語が「熊」以外に、本作全体を通じて、「子供を産む」「運ぶ」「耐え忍ぶ」「役を演じる」("bear a part")」など様々な意味で使われていることである。第三幕第三場の「熊」は劇全体のキーワードや言葉遊びを立体的に表象する、じつにユニークな存在だと言えよう。補注**48**も参照のこと。

第四幕

20 「熊」と同様に、「時」も種本『パンドスト』には現れないシェイクスピア独自の登場人物である。ルネサンス期のヨーロッパにおいて「時」は、翼を背中に生やし、大鎌や杖、砂時計を持った「時の翁」(Father Time)として描かれる図像の伝統があった。「時の翁」は「破壊者」としても「真実を明かす者」としても扱われることがあったが、本作でもそうした二面性は示唆されている(詳しくは、エルヴィン・パノフスキー著、浅野徹他訳『イコノロジー研究』(一九七一、美術出版社)第三章「時の翁」(六五―八四頁)や、Inga-Stina Ewbank, "The Triumph of Time in *The Winter's Tale*", *A Review of English Literature*, 5(1964): 83–100を参照のこと)。

原文において、この台詞は二行連句(脚韻を踏む二行を繰り返す詩形)の十六組で成り立っており、「時」が十六年、時間を進めることと呼応している。一行目から三〇行目までは、行の末尾で文が終わらない「行またがり」(enjambment)という英詩の技法も使われており、聞き手を先へ先へと運びつつ、時間が絶え間なく進んでいく様も描いている。また、「時」は台詞の中央の一六行目で砂時計を反転させるが、これは十六年の経過だけでなく、本作の二部構造も暗示している。二行連句一五・一六行目、一七行目・一八行目の終わりは動詞の ing 形となっており、この中央部を目立たせつつ、時間が進行している感覚を強めている。

21 「時」が突然に現れて十六年を経過させることは、「お話じみている」あるいは「ご都合主義的だ」といった反応を引き起こすかもしれないが、この後「時」は、我々観客が「お話」の対極にある「現実」だと見なしているものも、時の経過によって同様に「お話じみた」ものになると指摘する。さらに、一二五頁側注(1)で触れたように、「時」は自分をこの劇の作者と見なしており、ここには神(々)を劇作家・観客、人間を登場人物・役者とする「世界劇場」の概念が見られる。つまり観客は、いわば「時」という劇作家の舞台に出演している存在としても扱われていることになる。「時」は、「現実」と「お話」の境界を曖昧にするのである。

22 ここからは十六年経った世界が描かれるが、カミロを含む二人の登場人物が散文の台詞を語るという第一幕第一場と同じ要素が繰り返されている(Ernest Schanzer, *The Winter's Tale*, the New Penguin Shakespeare (1969), p. 32)。また、親愛の情ゆえに王が他の男性に長く留まるように要請するという点で、第一幕第二場とも共通点がある。「時」が砂時計を反転させたように、「時」のコーラスを折り返し地点として、劇の「後半」が始まったことが暗示されている。このような前半と後半の対照関係の例は枚挙に暇がない。後半において観客に前半のエピソードや語句を思い出させることによって、虚構世界のみならず現実世界における時(上演時間)の経過を感じさせている、つまり観客も「時」の影響下にいることを実感させる趣向になっている。

23 「時」が「十六年」進めたはずなのに、なぜカミロは「十五年」と述べるのか、シェイクスピア研究においても答えは定まっておらず、多くの場合誤植と取られている。誤植とする理由として、第五幕第三場においてカミロ自身が「十六たびの冬」という表現を使っていることが大きい。だが、カミロが「十六たびの冬」と述べるのは、ポーライナが「十六年」について言及した後である。第四幕第二場での「十五年」という表現は、一年刻みで正確に表現する必要がないほど、カミロにとって長い時間が過ぎたということを示しているのかもしれない。

24 オートリカスは、「歌唱」という「一定のリズムを保つ」(英語では"keep time")行為によっても「時」の力を想起させる。さらに、この場面における彼の歌が十二行、八行、四行と徐々に短くなり、「ゼロとなる」(退場して聞こえなくなる)だけでなく、合わせると二十四行となり「二十四時間」と呼応していることからも、「時の流れ」との関係性を見て取れる(補注**34**も参照のこと)。また、この歌詞を通して観客の想像上の季節を冬から春、そして夏へと動かす点においては、「時」だけでなく「自然」とのつながりも見ることができる。さらに、キャラクターの歌唱力は、役者本人のものと表裏一体であるので、この歌は、虚構世界の一部であると同時に観客の現実の一部でもある。初登場の人物が、人物紹介のされないまま、歌いながら一人で舞台に現れるというユニークな設定によって、観客にはこれが虚構世界の登場人物なのか、あるいはコーラス(説明役)を務める役者なのか、判別しがたい。オートリカスは劇中もっとも頻繁に独白や傍白を語り、観客とのつながりも強い。神話由来の名前(一三二頁側注(2)(3)を参照)だけでなく、劇世界の枠を越えるこうした性質によっても、オートリカスは超越的な雰囲気を獲得している。もっとも劇世界内においては「おれはフロリゼル王子に仕えたことがある」という台詞からもわかるように、一人の登場人物にすぎないが、第四幕では概して、劇世界の状況が最もよく見えている登場人物になっており、それを利用して騙しやスリなどを働き、劇展開の中では罰せられることがない。しかし同時に、第五幕ではこうしたオートリカスも「時」の語る大きな「物語」の一部にすぎないことが示唆されている。

25　道化は「ブーケ」や直後に出てくる「サフラン」などにより自然の鮮やかな色を観客の想像世界に導入するだけでなく、さまざまな食材にも言及し、観客の味覚や、それに伴う

「いま・ここ」の感覚を刺激する。この点でリオンティーズの妄想が展開する前半とは対照的である。

26 「色付け」は、鮮やかな色を導入すると同時に、「自然の力」と「人の技」の関係というテーマも含んでいる。

27 この道化の台詞には、数字を多く含むという特徴もある。とりわけ印象的なのは「時」に関連した数字である。たとえば「二十四人」は「二十四時間」を連想させ、「デーツは……ないな」の「デーツ」はナツメヤシの別名であるが、英語では"dates"であり、「日にち」の date の複数形と同音である。「日がもうない」という状況は、人生あるいは世界の終わりを連想させる。この点において一三三頁側注(3)で指摘した循環小数は「永遠」という概念を示唆しており興味深い。後に、「親戚」が「四分の三」(three quarters)マイル離れたところに住んでいるとするオートリカスの台詞があるが、quarter には「十五分」の意もある。

28 このオートリカスの姿は、第二幕第三場と第三幕第三場で舞台上に置かれていた赤子(パーディタ)と対照を為している。特に第三幕第三場の赤子もこの場面のオートリカスも、拾い上げるのはともに「道化」であり、第四幕第一場・第二場を挟んだ対称構造を為している。大人のオートリカスが地面に横たわる姿は、劇前半に対する喜劇的なパラレルとなっているだけでなく、舞台上に置かれた赤子が成長したことも喜劇的な形で想起させる。赤子との呼応関係は、オートリカスの「生まれてきたくなかった!」という台詞にも読み取れる。二つの場面の対称性は、時の経過や、悲劇から喜劇への変容を象徴的に表している。

29　人間は原罪を背負って生まれるというキリスト教の概念を反映している。これは『万人』(作者不明)など、シェイクスピアの時代よりひと昔前の演劇、道徳劇で使われることのあった台詞でもある。また、「鞭打ち」も『万人』で悔い改めの行為として言及される。オートリカスが着ているぼろ着も、悔い改めに着用する懺悔服(sackcloth)を想起させる。

30　隣人愛を説く、新約聖書の「善きサマリア人のたとえ話」のパロディーになっている(G. Wilson Knight, *The Crown of Life* (1947; repr. 1965), p. 101)。

31　第三幕第三場の道化の説明によれば、「熊」はアンティゴナスの肩骨を引きちぎるのであり、この点でも補注**28**で指摘したような対称構造を見ることができる(Northrop Frye, *A Natural Perspective* (1965), p. 115)。もしも同じ役者がアンティゴナスとオートリカスを演じるなら、この対称性はより明確になるかもしれない。

32　原文は"Troll-my-dames". おそらく、ボールを投げて輪っかに通したり、盤上の穴に落としたりする、女性向けの室内遊び"troll-madams"のことであり、性的な含意があった

(Pitcher, 4. 3. 86n)。

33 新約聖書「ルカによる福音書」においてイエス・キリストが語るたとえ話。二人の息子が父から財産を分与される。次男は家を出て放蕩に明け暮れ、長男は家に残り、勤勉に過ごす。放蕩で困窮した末に次男が帰還すると、父は彼をあたたかく迎える。このたとえ話は、悔い改めのたいせつさや、罪人への神の愛を示している。言うまでもなく悔い改めとゆるしはリオンティーズの物語にも関連している。

34 こうした「進行」の感覚は他のオートリカスの台詞にも頻繁に見られ、不可逆的に進む時間の流れや、それに沿って生きる姿を暗示しているように思われる。なお、「進行」のイメージは、第一幕第一場冒頭のアーキデーマスの台詞"my services are now on-foot"(逐語訳すると「今、わたしの勤めが進行している」)においてすでに表れている。

35 テュロスの王女ユーロパ(エウローペー)を見そめたジュピター(ゼウス)は白い雄牛に変身し、花を摘んでいた彼女に近寄った。ユーロパが牛の美しさゆえに近づいてその背に乗ったところ、ジュピターは彼女をクレタ島に連れ去った。

36 海の神ネプチューン(ネプトゥーヌス)は自ら雄羊に姿を変えた上で、トラキアのシオフエン(テオパネー)を雌羊に変えて連れ去り、その姿のまま交わった。その結果、シオフェンは金色の羊を生んだ。

37 アポロはサイクロプス(キュクロープス)を殺した罪で、ジュピターによって天から追放され、テッサリアのフェライの王アドミータス(アドメートス)に羊飼いとして仕えた。エウリピデスの劇『アルセスティス(アルケスティス)』でも描かれるように、後にアドミータスと結婚するアルセスティスは、夫の身代わりとなって死ぬが、ヘラクレスの助けによって甦り、夫のもとに戻る。このエピソードは「妻の甦り」という点において『冬物語』に影響を与えている。

38 シェイクスピアは神々の変身についてのくだりを種本『パンドスト』から引き継いでいる。種本では、ドラスタス(フロリゼルに相当)が、羊飼いに身をやつしてフォーニア(パーディタに相当)を口説くことを一人で逡巡する際に、神々も恋ゆえに変身したからと自らを鼓舞するが、フロリゼルの台詞に見られるような、神々の情欲への言及や、自分の清らかさや名誉を尊重する考えはない。ギリシア・ローマ神話の神々の振る舞いの不条理さ、男性の暴力性、フロリゼルの若さゆえの自信などについて、考えさせられる台詞となっている。また、訳者解説「II 『冬物語』という物語」で説明したように『冬物語』は様々な「物語」を包摂しているが、この台詞では「神話」という、神々と人間とを結ぶ、特殊な「物語」の存在も観客に想起させる。

39 「自然」と「人の技」との関係性は古代より議論されてきたテーマであり、たとえばアリストテレスはポリクシニーズと同様に、自然が人の技を通して自らを完成させるとした。一方でシェイクスピアの同時代人にはジョージ・パットナム(一五二九―一五九〇)やフランシス・ベーコン(一五六一―一六二六)のように「自然」の力に優る「人の技」に力点を置く思想家・著述家もいた。『冬物語』において重要なことは、ポリクシニーズが、「人の技」を「自然」の一部と見なし、接ぎ木も自然の作用と述べたにもかかわらず、王子と羊飼いの娘の結婚は許可しないといった矛盾にあるように思われる。そして、「人の技」を嫌うパーディタも、本来の「自然」な自分の姿(シチリア王女)を知らず、身分の低い「羊飼い」として振る舞っている。シェイクスピアは、自分自身の状況や行為においては、そもそも何が「自然」で、何が「人の技」なのか把握できない、人間の姿を描いている。そしてこれは「現実」と「虚構」との曖昧な境界というテーマにも繋がっている。

40 ギリシア神話のペルセポネーの英語読み。花を摘んでいたところを、冥界の神ディス(ハーデース)にさらわれ、その際に驚いて花々を落とした。その後、母である大地の女神シアリーズ(デーメーテール)が取り戻そうとしたが、冥界でザクロの実を食べたため、一年の三分の一は冥界で過ごし、残りは地上に戻ることになる。プロサーピナが地上に戻ると春が訪れる。

41 原文は"Saltiers". 後のト書きでは"Here a dance of twelve Satyres"(十二人のサターの

踊り)とあるので、本人たちは「サター」(サテュロス)だと名乗ったが、召使いはこのことばに親しみがなく、「跳躍する者」(saultiers)と取った(Pitcher, 4. 4. 332n)。

42 時間の単位を彷彿とさせる。補注**27**も参照のこと。

43 前半(第一幕第二場)においてポリクシニーズも、帰国予定だった際に準備していた船で、暗殺から逃れている。また、ポリクシニーズもフロリゼルも、カミロの助言によって逃げることになる。状況の中にいる当事者たちには見えないが、観客の巨視的な視点からは、二世代にわたって類似した行為がくりかえされていることや、ポリクシニーズが図らずも自分の過去の苦境と似た体験を息子にさせていることなどが見て取れる。人間の行為が、本人たちには見えない大きな流れの一部であることが示唆されている。補注**22**、**28**、**31**ならびに訳者解説も参照のこと。

第五幕

44 第三幕第二場の神託では「見つからなければ」となっており、ポーライナの恣意的あるいは希望的な解釈によって文言が変化してしまっている。

45 一世紀のローマの歴史家クルティウス著『アレクサンドロス大王伝』によると、アレクサンダー大王は、死に際して後継者について尋ねられると「もっともふさわしい者」"the worthiest"(一六〇二、ジョン・ブレンディ訳)と答えたという。

46 プルタルコス『英雄伝』の「ダイオン(ディオーン)」の項目では、「シナラス」(Synalus)という名の、シチリア島を治めるカルタゴ人が言及される(英語表記はトマス・ノース訳(一五七九)より)。「スマラス(Smalus)」をこれの誤植とする説がある。

47 ロマーノは実在の芸術家だが、その彫刻作品は知られていない。ただ、ジョルジョ・ヴァザーリによる『芸術家列伝』(一五五〇)には、〈ジュピターは、ロマーノの技によって彫刻・彩色された像が呼吸し、彼が建てた地上の家々が天上の建物に匹敵するのを見て、彼を天上に連れ去った〉旨の墓碑銘が引用されており、おそらくシェイクスピアはこの記述に影響を受けたと考えられている。

48 原文では、"those veins / did verily bear blood". 数ある "bear" の用例で最後のものが「生きていること」を示すものになっているのは示唆的である。補注**19**も参照のこと。

49 『冬物語』を通じて、「手を取る」という行為は何度も言及されたり、舞台上で示されたりするが、これらのほとんどは友愛や愛情を象徴している。最終場以前には、リオンティーズの求愛に答えるハーマイオニ(第一幕第二場)、ボヘミアに逃げる際のポリクシニーズとカミロ(第一幕第二場)、オートリカスを助けようとする道化(第四幕第三場)、踊る際のフロリゼルとパーディタ(第四幕第四場)、改心を約束したオートリカスと道化(第五幕第二場)のエピソードなどがある。

50 原文では“see the issue”.「結果・結末」あるいは「子孫・世継ぎ」という意で使われてきた一連の“issue”の最後の例。ここでは「結果」と訳したが、両方の意味で成立する状況になっており、物語の「結末」において「子供」に再会するという最終場面にふさわしい台詞となっている。

訳者解説

I　『冬物語』について——基本情報

1　初演と初版

『冬物語』初演の年月や劇場はわかっていない。ただし最初の上演記録として、一六一一年五月一五日に占星術師で医師のサイモン・フォーマンがグローブ座で観劇した際のメモが残っている。また、第四幕第四場に王(ポリクシニーズ)の前でサターの踊りが踊られたことへの言及があるが、これが、観客の現実において一六一一年一月一日に王(ジェームズ一世)の前で上演された、ベン・ジョンソン(一五七二—一六三七)作の仮面舞踏劇『オベロン』のサターの踊りを指すとする説がある。ジェームズ一世の時代、シェイクスピアは座付き作家兼役者として「国王一座」に所属しており、『オベロン』を上演したのはこの劇団だったからである。こうした理由から、多くの研究者は『冬物語』の初演を一六一一年の一月から五月の間に見ている。

一方、『冬物語』の最も古い出版テクストは、作者の死から七年後の、一六二三年に出版されたシェイクスピア戯曲全集第一版に収録されたものである。この全集は紙のサイズからファースト・フォリオ（第一・二つ折り本）と呼ばれている。その後の『冬物語』のテクストもこれに準じたものになっており、他に底本となるテクストは存在しない。

生前にも『ハムレット』や『リア王』など二十作品に関しては、フォリオよりも小型のクォート（四つ折り本）版でそれぞれ個別に出版された。『冬物語』はクォートでは出版されずフォリオで初めて出版された十七作品のうちの一つになる。ただし、生前に出版されたとはいえ、これらのクォートは、台本テクストを所有していたのが劇団であったためか、作者が監修した形跡は特に見られず、誤植が多い。

ファースト・フォリオは、シェイクスピアの作品を後世に残すために「国王一座」のメンバーが出版したものであり、そうした性質ゆえにクォート版よりも丁寧に印刷されている。とはいっても、やはり誤植は散見されるほか、クォート版に含められた台詞が記載されていない場合もあり、それぞれの作品テクストがどのような段階の原稿を参照したものなのか不明なことも多い。

ファースト・フォリオ版の『冬物語』の場合、植字工が参照したのがラルフ・クレインという筆耕が書き写した原稿だったことがわかっている。しかしクレインは、たとえば場面の始まりのト書きに、あらかじめその場面に登場する全員の名前を記載するなど、当時の西洋古典の戯曲テクストの形式を踏襲しており、これがかえって上演の様子をわかりにくくしている。

本翻訳は、このファースト・フォリオ版テクストを翻訳者が校訂したテクストがもとになっている。ト書きに関しては、フォリオ版から引き継いだものは基本的に［　］内に記載し、読書の便宜のために翻訳者が加筆・修正したものは〔　〕内に記載した。

2　当時の劇場形態

前述の通り、『冬物語』の初めの上演記録はフォーマンがグローブ座で見たというものであるが、この「グローブ座」とは、後に「国王一座」と改名する宮内大臣一座が一五九九年に建造し、運営していた劇場である。一六一三年に焼失したが、翌年再建され、清教徒革命の影響で一六四二年にロンドンの全劇場が閉鎖されるまで使用された。

国王一座はグローブ座での上演だけでなく、宮廷における室内上演を行うこともあり、また、一六一〇年頃からは小規模な室内劇場の運営にも乗り出していた。しかしシェイクスピアは前述のベン・ジョンソンとは異なり、宮廷用のみの劇作は行っておらず、ほとんどの作品をグローブ座、あるいはその建設以前には同形態の劇場を念頭に、執筆したと思われる。当時のこうした劇場を「公衆劇場」(public/common playhouse)と呼ぶ。

この公衆劇場がどういうものであったかを理解しておくと、読書を通してシェイクスピアの戯曲をより楽しむことができるだろう。劇場については、本書冒頭に掲載の「グローブ座」の写真をご参照いただきたい。これは、当時描かれたスケッチや地図、戯曲テクストの分析から想定復元された現代版「グローブ座」の写真であるが、当時の上演形態のおおまかな特徴を知ることはできる。こうした公衆劇場は一五七六年にシアター座が建てられて以来、人気を博し、前述の劇場閉鎖に至るまでロンドン中に多く建設された。

公衆劇場での上演の特徴を一言で述べると、〈観客参加型の、ことばのライブ上演〉となろう。写真の通り舞台は観客側に張り出し、大掛かりなセットは置かれず、役者は太陽光が差し込む中、三方を観客に囲まれながら台詞を述べた。現代の屋内上演のように、演出家や美術担当者がセットや照明によって視覚イメージを作り、それを暗闇の観客席に提示するという形式とは大きく異なっていた。この半野外劇場においては、役者は、劇作家のことば(と自らの身体)を通して登場人物の心情だけでなく場面の情景を表し、観客はそれを聞いて、想像の中で虚構世界を完成させたのである。

さらに、太陽光のもと役者と観客は常に互いの姿を確認することができたので、観客は自分たちの存在や反応が上演の大きな要素であることを絶えず意識した。両者の交流・交渉は、必ずしも直接的なものにはならないにせよ、照明を使う現代の屋内上演よりも活発なものであっただろう。先に「観客参加型」と呼んだ所以である。

3　ことばのライブ上演

一方、役者には、観客を虚構世界に引き入れるための大きな助けがあった。当時の台詞が持っていた詩形「ブランク・ヴァース」(blank verse)である。これは、行の終わりに脚韻を踏まず、それぞれの行で、弱く読む母音と強く読む母音の抑揚が五回繰り返されるリズム(弱強五歩格)を持つ形式のことである。

たとえば『冬物語』の第一幕第二場は以下のような韻文で始まる。便宜上、強く読む母音を含むアルファベットの下に下線を引くと以下のようになる(引用はファースト・フォリオ版を翻訳者が校訂したもの。以下同様)。

Polixenes: Nine Changes of the Watery-star hath been
　The Shepherd's note, since we have left our Throne

そもそも英語では、日常会話においても、二つか三つの母音ごとに一つは強くなるが、弱強五歩格の詩行では二つごとに母音が強くなるように単語が配列されているのである。

脚韻を持たずに一定のリズムを刻むブランク・ヴァースは、長台詞にも前へ前と進む力を与え、聞き手を引き付ける。そして、この音楽性と様式性の枠組みゆえに、韻文の台詞は複雑な比喩や、情報・イメージが凝縮された表現を(強引な形であれ)含みやすくなる。シェイクスピアの台詞の中には一聴しても把握しきれない濃密なものが多いが、それはこのリズムの枠組みによるところが大きい。

また、ブランク・ヴァースの一行は、一人の登場人物ではなく、二人以上の台詞で構成されることもある。たとえば、先に引用した台詞の一五行ほど先でリオンティーズとポリクシニーズは以下のように話す。

Leontes: One Sev'night longer.
Polixenes: 　　　　　　Very sooth, tomorrow.

リオンティーズが「弱強・弱強・弱」のリズムで語ったことに、ポリクシニーズが「強・弱強・弱強・弱」のリズムで応え、二人で弱強五歩格の一行を作っている。なお、最後の「弱」は「女性行末」と呼ばれ、余韻を残す技巧である。

これは劇作家から、ポリクシニーズを演じる役者への、〈リオンティーズの台詞に続いてすぐ台詞を言うように〉という指示と取ることができる。また、この台詞でポリクシニーズは、シチリアにもっと留まるようにというリオンティーズの誘いを断っているが、二人で一行を作ることから、両者の繋がりも暗示されている。

本翻訳においては、こうした韻文の場合、現代の英語圏で出版されている編集テクストにならい、先の原文引用のように、続く台詞の始まりに空白を入れた。この空白は「沈黙」を指すのではなく、むしろ前の台詞に続けてすぐに読むべきものとなっている。

一方、原文において、オートリカスや道化のように、散文を話す登場人物もいる。また、ポリクシニーズやカミロのように基本的には韻文を話すが、場面によって散文を話したり、「羊飼い」のように主に散文を話すが、一部のみ韻文を話す登場人物もいる。

散文は一定のリズムを持たず、自由な文体と長さで展開することができる。リズムがことばを繋ぎ合わせない代わりに、より強い論理性を持つ場合も多い。複雑な比喩を含むことが韻文よりも少なく、意味も捉えやすい。こうした異なる性質を持つ韻文／散文の切り替えも、ことばを中心とする上演に奥行きを与える。

ただし、日本語訳を行う際に問題となるのは、英語と日本語ではリズムのあり方が異なり、弱強格に対応するリズムも日本語には存在しないことである。一方で、シェイクスピアの韻文の凝縮された表現内容や比喩イメージをすべて散文で訳し出そうとすると、文が長くなったり、推進力が減じてしまう可能性もある。そこで本翻訳では、韻文・散文それぞれの特徴や切り替えをある程度反映させるために、韻文を訳す際には各行ならびに文節の文字数に一定の規則性を与え、その枠組みの中で、比喩などはできるかぎり直訳を試みた。

4　種本について

シェイクスピアは『冬物語』を創作するにあたり、散文物語『パンドスト、時の勝利』(ロバート・グリーン(一五五八―九二)著、一五八八)を下敷きにしている。『パンドスト』は初版の後、『冬物語』の初演推定年の一六一一年まで、一五九二年、一五九五年、一六〇七年と版を重ねた。シェイクスピアは登場人物の名前を変更しつつ、物語のおおまかな流れは踏襲している。この種本のあらすじは以下の通りである。

ボヘミア王パンドスト(『冬物語』のリオンティーズにあたる人物、以下同様)は、妻ベラリア(ハーマイオニ)が、ボヘミアに逗留している親友のシチリア王イジスタス(ポリクシニーズ)と密通していると思い込み、イジスタスの殺害を自分の臣下に命じるが、二人はともにシチリアへと逃げる。そこで、パンドストはベラリアを投獄し、生まれた赤子を海に捨てさせる。ベラリアがアポロ神殿の神託を求めると、彼女は無実である旨が告げられ、パンドストは自分の非を悔いる。そこに王子の急死の知らせが入り、それを聞いたベラリアもその場で息絶える。

捨てられた赤子はシチリアの海岸に辿り着き、羊飼いに拾われる。その十六年後、赤子はフォーニア(パーディタ)という美しい女性に成長し、偶然イジスタスの息子ドラスタス(フロリゼル)と出逢い、恋に落ちる。ドラスタスは身分違いの結婚に父王が反対することを見込んでフォーニアと駆け落ちし、船で国を出たところ、ボヘミアに偶然到着する。

すると、フォーニアの美しさが噂となってパンドストにまで伝わる。彼女を呼び出したパンドストは、実の娘とは知らずフォーニアに強く惹かれ、ドラスタスを投獄し、彼女を口説く。その後、フォーニアはパンドストの娘であると判明し、彼女はドラスタスと結ばれる。パンドストは娘との再会を喜んだものの、物語の最後で、自分の嫉妬で妻のベラリアを死に追いやったことや、イジスタスを殺そうとしたこと、実の娘を口説いたことを恥じ、自殺する。

大きな違いの一つは、『パンドスト』にはポーライナやアンティゴナス、カミロ、「道化」、オートリカスなどの人物が現れないことである(前半でカミロに相当する人物は後半からは現れず、ドラスタスの駆け落ちを助ける人物としてカプニオという臣下の名が言及されるのみである)。『冬物語』第四幕第四場の羊の毛刈り祭も描かれず、モプサやドーカスなども登場しない。「時」や「熊」に相当する存在も現れない。

他の変更点としては、シチリアとボヘミアの逆転が挙げられる。『冬物語』では、『パンドスト』の前半に当たる部分はシチリアで、後半はボヘミアで展開するのである。この理由として、シチリアが当時、復讐や嫉妬を連想する場所であったことや、ローマの「プロサーピナ」伝説(補注**40**)においてプロサーピナがディスに誘拐される場所がシチリアであったことが挙げられてきた(パーディタにプロサーピナとの重なりを見る研究者は多い)。

他にも、前半の舞台を島国にすることで、国全体がリオンティーズの妄想から抜けられない息苦しさを強調する効果や、同じ島国であるイングランドの観客に現実味を感じさせる効果、あるいは初めから大胆に場所を逆転させることで、さらに大きな変更を予感させる効果もあったかもしれない。

第三幕第二場におけるリオンティーズの神託に対する反応も、種本とは異なる。パンドスト王は神託の内容をすぐに受け入れ、悔い改めるが、そこに王子の死の知らせが入る。しかし『冬物語』では、リオンティーズが一度神託を否定した後に、マミリアスの死の知らせが入り、それをリオンティーズが神罰と受け取って、自分の行為を悔いる。

つまりリオンティーズの、王妃の不倫に対する思い込みはより強いものになっており、神託までをも疑っているのだ。このエピソードは神託もまた「ことば」である以上、人間の解釈や想像から逃れられないことを暗示していると言えるだろう(本作が描くことばの不確実性や曖昧さについては Howard Felperin, *The Uses of the Canon* (1990) pp. 35–55 を参照のこと)。

そして言うまでもなく、種本に対する最大の改変は物語の結末にある。種本ではパンドストは自分の娘を娘とは知らずに口説き、後にこのことを悔いて自害する。一方で『冬物語』では第五幕第一場においてリオンティーズがパーディタに関心を示し始めると、ポーライナの叱責が入り、彼はそれをすぐに受け入れ、フロリゼルとパーディタとが結ばれるように努める。この展開は『パンドスト』を知っていた当時の観客には大きな驚きとなったはずだ。

また、種本ではベラリアは王子の死の知らせを聞いて他界するが、『冬物語』のハーマイオニは最後に「生き返る」。じつは、娘の帰還を信じて、十六年間隠れて生きていたというのである。しかし、なぜシェイクスピアは、このようにあり得そうもない、いかにも「お話」的な結末へと種本を改変したのだろうか？　そして、リオンティーズは王妃が生きていたことを素直に受け入れるように見えるが、これはどういうことなのだろうか？　次節では、こういった問いを端緒に『冬物語』の特質について掘り下げてみたい。

Ⅱ 『冬物語』という物語――作品解説

1 他愛のない夢物語？

そもそもシェイクスピアが下敷きにした『パンドスト』のあらすじ自体、「お話」めいている。一国の王が突如極端な嫉妬を覚え、王妃と他国の王が浮気をしていると思い込み、それぞれを殺害しようとする。王に不義の子と見なされ、死に追いやられたと思われていた王女はじつは生き延びており、偶然、父が嫉妬した相手の息子と恋に落ちる。二人が駆け落ちをして、彼女の父の国を（そうとは知らずに）訪れると、自身がこの国の捨てられた王女であったことが判明し、二人はめでたく結ばれる。

これらのエピソードを一読すると本作は、他愛のない夢物語にすぎないように見えるかもしれない。たしかにそうした側面はあり、シェイクスピア自身タイトルを The Winter's Tale『冬物語』としている。Tale とはまさに「お話」「物語」といった意味なのである。しかしテクストを吟味してみると、本作が示す物語観には人間の生についての重要な示唆が含まれており、逆説的なことに「お話」ないし「物語」の要素を持つがゆえに『冬物語』は現実の諸問題から縁遠くないことがわかってくる。

2　わたしたちの中の「物語」

まず注目すべきことは、前半のリオンティーズの行動がまさに「物語」に突き動かされているということである。冒頭でリオンティーズは、王妃がボヘミア王と浮気をしていたと想定し、つまり「妻の浮気物語」を信じ込み、その「物語」を終わらせるために行動を起こしてしまった。

リオンティーズの嫉妬に駆られた台詞を見ると、彼自身がまるで劇作家（あるいは役者）のような想像力で、ハーマイオニとポリクシニーズの身になりながら、「浮気物語」を紡いでいることがわかる。

「ささやき合いは何でもないのか？／頬と頬とを重ねることは？　鼻の触れ合いは？／唇を開いたキスは？　ため息で／笑いを止めることは？――貞節を破った印だ――／足を絡め合うことは？　隅でこそこそ／することは？　時が早まり、

時間は分に、／昼は真夜中にと願うのは？　奴らの目が／誰にも見られず乱れるために、奴らの目以外、／みな、白そこひになれと願うのは？」（三四頁）

ここには、リオンティーズが想像すればするほど、想定される二人の恋愛感情が高まると同時に、それに対する嫉妬も深まっていくという悪循環がある。観客やカミロからすれば、リオンティーズは「物語作り」に勤しんでいるように見えるが、本人はこれを「現実」そのものだと思い込んでいる。

わたしたちは「物語」を「現実」とは離れたところにあるものだと思いがちだが、シェイクスピアはリオンティーズのエピソードを通して、「現実」を見ていると思いながら、じつは「物語」を作ったり、受け入れたりしているという人間の性質を捉えているのである。

シェイクスピアはやや意地悪にわたしたち観客の、ハーマイオニやポリクシニーズを信じる心を試し、リオンティーズが抱える「物語」のある種の魅力もちらつかせている。当時の演劇には独白や傍白（脇台詞）についての約束事があり、登場人物はこれらの台詞では本心を吐露することになっている。しかし、シェイクスピアはハーマイオニやポリクシニーズに独白や傍白を話させることはなく、その潔白を客観的に観客に伝えていないのである。

第一幕第二場を見る限り、リオンティーズの「物語作り」はポリクシニーズがシチリア滞在を延ばしたことに深く関連している。リオンティーズが滞在の延期を依頼するが、ポリクシニーズは断固として受け入れない。しかしハーマイオニが交渉すると、決意は揺らぎ、彼は留まることになる。

これ以前にも浮気を疑ったことがあったのかもしれないが、少なくとも、親友を自分のことばでは動かせなかったという失望感を契機に、リオンティーズの「物語作り」は活発になっている。これは第一幕第二場の「おれの頼みではだめだった」（一七頁）という台詞やカミロとのやり取りの始まり（二八―三〇頁）からも見て取れる。この「物語」は、リオンティーズが一つの負の感情を乗り越えるために、あるいは自尊心を守るために、無意識に作り出されているのだ。自分を防御するために無意識に紡ぎ出され、現実とすり替わることに、こうした「物語」のやっかいさがある。

実際にこの「物語」は現実を徐々に侵蝕していく。リオンティーズは自分の「物語」に沿って行動をとり、カミロにポリクシニーズを殺害させようとする。しかし、二人とも逃亡すると、「妻が浮気している」という「物語」は、「三人が自分を殺す陰謀を企んでいた」という、因果関係をより発展させた「陰謀物語」へと変容し(五三、九四頁)、ハーマイオニの弾劾裁判へと向かう。この結果、リオンティーズは新たに生まれた王女を捨て、王子マミリアスを心労で亡くし、それに伴って妻ハーマイオニも(少なくとも十六年の間)失うことになる。王女を捨てさせた際には、その任務を実行したアンティゴナスや水夫たちの命も失われる。

マミリアスが他界しなければ、おそらくリオンティーズが自分の非を認める機会は遠のき、ポリクシニーズが治めるボヘミアや、あるいはその同盟諸国とのより深刻な敵対関係へと発展していたであろう(七四頁でリオンティーズはボヘミアの同盟諸国を意識している)。

ここには、権力者が自分の自尊心を守るために無意識に作った「物語」が、さらなる「物語」を呼んで膨れ上がり、現実を大きく侵蝕していくプロセスが描かれている。あるいは、一国が他国に行う大規模な敵対行為や国内弾圧も、煎じつめれば、政治指導者が自分を守るために紡いだ小さな「物語」に端を発しているのではないか、そういったシェイクスピアの観察があるように思われてならない。

シェイクスピアは本作の前に『マクベス』においても、権力者の内面が徐々に悪しき想像で侵されていき、その結果、病が広がるように共同体全体に被害が広がってい く様を描いた。しかし、ここでは魔女の予言という強力な外部の力があった。『冬物語』の前半の悲劇とは、一人の人間の内面に浮かび上がった「物語」に共同体全体が侵蝕されていくことにある。これは『マクベス』以上に恐ろしい現実の一側面だと言わざるを得ない。

3 「物語」を書き換える

リオンティーズが悪しき「物語」から解放されたきっかけについても、『冬物語』は示唆に富んでいる。それは、〈アポロ神は、神託を否定した自分を罰するために、息子の命を奪った〉という、リオンティーズが作ったもう一つの「物語」なのである。結局のところ、人間をある「物語」から解放し得るのも「物語」なのだ。しかし、この時点におけるリオンティーズの「物語」は、自分自身が作る「物語」によってしか修正され得ないという点で大きな危険を孕んでいる。彼はカミロ、アンティゴナス、ポーライナ、貴族たちが提供する〈潔白なハーマイオニ〉という「物語」を信じることができない。息子が亡くなるといった衝撃的な事件がなければ、一つの「物語」を固く信じるリオンティーズの中に、それを否定する別の「物語」は生まれ得なかった。あるいは、この衝撃的な事件の後でも、さらに悪い「物語」(「息子の死は、妻とボヘミア王の浮気の結果だ！」など)へと展開する可能性さえあった。

一方でシェイクスピアは、こうしたリオンティーズでも、悔恨の意や、周囲の人々からの影響、そして時の経過によって変わり得る、といった希望も示している。前述の通り、第五幕第一場では、リオンティーズは実の娘とは知らずにパーディタに関心を示し始める。おそらく〈十六年の悔悟の後、ようやくハーマイオニに匹敵する女性が現れ、再婚を果たし、世継ぎも作って国を安泰にする〉といった「物語」が彼の中で生まれたにちがいない。しかしここで間髪いれずポーライナの「物語」が介入する――「陛下、お目が／お若すぎです。お妃さまはお亡くなりになる／ひと月前でも、今ご覧のこの方より、／その視線に値しました」(二一七―二一八頁)。リオンティーズはこれによって自分の「物語」を修正し、『パンドスト』に見られたオイディプス的悲劇は回避されるのである。

最後に像が動き、ハーマイオニが十六年間ひそかに生きていたという「物語」が示された時も、リオンティーズは基本的にはこれを受け入れる。像が動き、それに触れたリオンティーズは以下のように述べる。

「ああ、あたたかい。／これが魔法なら、食べることと同じように／法に合う技としよう」(二三八—二三九頁)

リオンティーズは、像が動くこと、あるいは王妃が生きていたことを信じがたく思い、「魔法」ということばを使ってこの驚きを表している。しかし重要なことに、これが魔法であるのか否か、リオンティーズは性急に吟味することをしない。「これが魔法なら」という一つの仮定のみで終わっており、たとえば「十六年間自分は騙されていた」といった「物語」が発展することはないのである。むしろリオンティーズは、ポーライナの家を出て、それぞれが十六年間どのように過ごしてきたか、互いに問いかけ、答え合おうと述べる(二四二頁)。「物語作り」あるいは「物語の受容」に柔軟になっており、他者とともに「物語」を紡いでいこうとする、リオンティーズの新しい姿、新しい想像力のあり方をここに認めることができる。

こうした柔軟な想像力が、最終場において観客からも引き出されることは注目に値する。ここでシェイクスピアは、リオンティーズたちに、「像」の「皺」や「呼吸」

や「血流」について何度も指摘させ、〈ハーマイオニを演じた役者が「ハーマイオニ像」の演技をしている〉ということだけでなく、〈ハーマイオニが生きていて「像」の演技をしている〉という可能性も観客に感じさせている。こうした示唆と、ポーライナが像の幕を引いて場面を終わらせようとする行為が何度も繰り返され、ハーマイオニが生きている(あるいは生き返る)という「物語」への観客の期待感が高められていく。

重要なのは、ポーライナが「像」を動かす前に「わたしがこれからすることが法に合わないと/思う方はお離れください」(二三七頁)と述べていることである。つまり、「像」が動く場面は、この「物語」を受け入れた劇場内の全員によって、生み出されるのだ。リオンティーズがハーマイオニの手を取り、「ああ、あたたかい」と述べる時、観客は自分たちの選択も、ハーマイオニの「復活」に繋がったという感覚を得るだろう。ある「物語」の蓋然性が低くても、そこに希望があるのなら、あえてそれを選択しようとする、つまり信じることのたいせつさを示す場面となっているのである(これの喜劇的、あるいは英雄的な変奏が第五幕第二場終わりの「道化」とオートリカスのやり取り(二二八—二二九頁)である。「道化」はオートリカスが〈すごく腕の立つ奴〉でも〈酔っぱらわない奴〉でもないとわかりながら、そうなることを願って、王子に彼がそのような人物だと誓ってあげる、と述べる)。

4　「いま・ここ」を味わう

ハーマイオニの手を取った時の「ああ、あたたかい」というリオンティーズの表現も意義深い。彼は、ハーマイオニ復活の蓋然性やその「真実」を吟味するよりも、彼女が「いま・ここ」に生きているという実感を味わっている。この点で、シェイクスピアが韻文のリズムに、実感を表す「ああ」(Oh)を書き入れていることも印象的である(補注**5**で示した第一幕第二場における妄想に満ちた「ああ」(oh)とは、物語の始まりと終わりで、対照を成している)。

この「いま・ここ」の実感は、先に指摘したリオンティーズの変化、つまり「物語作り」や「物語の受容」に対して柔軟になったことと無関係ではないように思われる。物語とは通常、時間軸に沿って展開するものであり、人は一つの「物語」に浸ってしまうと、その過去から未来への因果関係の流れにとらわれがちである。一方で、一瞬一瞬の「いま」を味わうことは、「物語」からの束の間の解放や、「物語」の書き換えにも繋がるにちがいない。

そして、この「いま・ここ」の感覚は、第四幕第四場の羊の毛刈り祭でも表現されている。この場面の前半は、オートリカスの独唱が二つ、三重唱が一つ、集団による踊りが二つ披露される。この歌や踊りが披露されている時、劇はまったくと言っていいほど展開しない。一見、脱線のように見える趣向だが、それこそシェイクスピアの狙いであったと思われる。歌唱あるいは踊りを披露する登場人物も役者も、舞台上の観客も、劇場の観客も、時間軸を伴う「物語」から解放され、同じ「いま・ここ」を生きることになるからである(このことは、『冬物語』というエンターテインメント自体が、観客を現実世界における「物語」から解放することとパラレルになっていると言えるだろう)。

そして、このような「いま・ここ」の感覚が再び強調されるのが、上で見たリオンティーズが「ああ、あたたかい」と述べる瞬間なのである。ハーマイオニの手を「あたたかい」と感じる実感は、劇世界の描写に留まらず、リオンティーズを演じる役者の感覚でもあり、彼と同じ現実に属する観客の「いま・ここ」の感覚も刺激する。そして、「像」が動く時には音楽が演奏されるが、これは神秘性を醸し出したり、観客の感情を揺さぶったりするだけでなく、上演の現在性も強調しているのである。

5　「物語」の中のわたしたち

さて、劇前半のリオンティーズの「物語」は主に過去から現在に至るまで自分の身に起こったことを把握するために作られている。たとえばポリクシニーズはシチリアに九ヶ月間滞在しているが、リオンティーズは、臨月を迎えるハーマイオニのお腹の子がポリクシニーズの子だと思っている。つまりリオンティーズは九ヶ月前から現在に至る自分の状況の「真実」を捉えようとしている、と言うことができる。

一方、劇後半では、個々の登場人物による、自分の未来に関する「物語作り」がしばしば行われる。さらに、そうした個人の「物語」には、常にそれを包み込む一回り大きい「物語」が存在することも示されている。この中でもっとも大きい「物語」は第四幕第一場に登場する「時」の「物語」である。この登場人物は種本『パンドスト』には現れないシェイクスピアの独創であるが、「時」は『冬物語』を自分の「物語」だと呼ぶ。つまり自分を「劇作家」だと見なすのである。

前述の通り、シェイクスピアは、劇の後半のご都合主義的な展開を種本から踏襲している。パーディタはフロリゼルと偶然出逢って恋に落ち、その後、結婚に反対されるが、偶然リオンティーズのもとに帰り、そこで偶然、素性が明らかになり、大団円を迎える。しかし、この筋書きの作者として事前に「時」が登場することによって、この物語展開の強引さは、「時」の力にも帰されることになる。シェイクスピアは、作者という自分の特権的位置をあえて露わにして「お話らしさ」も演出しながら、それを劇世界における超越者の表現へと変換したと言える。

「時」の最大の特質は、劇世界だけでなく観客もその影響のもとにあることを強調することにある。観客は上演時間を役者と共に過ごす存在であり、「時」はこのことを観客に何度も思い起こさせるのである。たとえば「時」は第四幕第一場という劇の真ん中で登場し、さらにそのコーラスの真ん中で砂時計を反転させる。そしてたとえば第一幕第一場と第四幕第二場は似た構造を持ち、観客に「時」を境に後半部が始まったこと、つまり、これまで過ごした時間を同じだけ過ごすと終演になることを感じさせている。

劇世界を超えて観客現実をも含むという「時」のあり方には、シェイクスピア作品にしばしば現れる「世界劇場」という概念が反映されている。この概念では神(々)などの超越的存在が「劇作家」あるいは「観客」として、舞台上の「役者」あるいは「登場人物」である人間を見ている。わたしたち観客が役者や登場人物たちを見るように、現実におけるわたしたちも神(々)や「時」といった超越的存在によって見られているというわけである。このように考えると、「物語」と「現実」との差異はより不明瞭になってくる。「時」は次の点でも両者の差異を曖昧にしている。

「わたしは、秩序を／もたらした時代のみならず、今、世を統べる／新たなものの証人ですが、その「現在の」／輝きを、この私の物語の／ように古臭くしてしまいます」(一二四頁)

「時」は、わたしたちが通常「物語」の上位に位置すると思いがちな「現実」も、時間が経てば「時の物語」になっていく、と指摘するのである。

『冬物語』全体が「時」の「物語」というわけであるが、前述の通り特に後半には、この「物語」の中に、より小さな「物語」が多く含まれている。登場人物たちそれぞれが自分の未来に関する「物語」を作り、それに沿って行動を取るからである。たとえば、フロリゼルは羊飼いとしての〈演技〉で羊の毛刈り祭に紛れ込み、パーディタと密かに結婚しようとしている。しかし、この目論見は父ポリクシニーズに露見しており、彼も〈変装〉して祭りに紛れ込み、実際に二人の結婚を阻止する。

そこでカミロは、彼らに力を貸し、リオンティーズへの大使という偽りの〈役柄〉を与えてシチリアに逃がすことにする。彼はこれを〈自分が書く場面〉と喩え（一八四頁）、パーディタも「このお芝居で、わたしも一役／演じなければなりませんね」（一八八頁）と応じる。しかしここには、これを利用してカミロ自身が祖国シチリアに帰国したいという、一回り大きな「物語」がある。

一方、パーディタの養父は、パーディタが王子と恋に落ちたことの責任を王から激しく問われたので、保身のため、彼女は荒れ地で拾った養子であり、血の繋がった家族ではないという事実を王に伝えようとする。しかし、詐欺師オートリカスがこの計画を盗み聞き、以前の主人である王子の歓心を買うために、彼らを騙して王子の船に乗せる。

見逃してはならないのは、ポリクシニーズがフロリゼルの結婚を阻止するように、一人の人間が抱く「物語」は、別の誰かの「物語」に中断されたり、吸収されたりしながら、結局は劇作家「時」が生み出す大きな「物語」に包摂されていくことである。つまり、一個人の「物語」が制御できる範囲には結局のところ限界があるのだ。

6　「自然」の「物語」

シェイクスピアは『冬物語』を「時」の「物語」とし、登場人物だけでなく、役者や観客もその影響下にあることを強調した。この「時」と同じように、劇世界だけでなく、観客の現実をも包み込む存在として言及されるのが、「自然」である。

もっとも「自然」も「時」の影響下にあり、劇中においてこのことはたとえば、人間の誕生、成長、死といったプロセスや、季節のサイクルへの言及で示唆されている。言うまでもなく季節のサイクルはタイトル『冬物語』にも反映されている。

「冬には悲しい話が一番なんだよ。お化けや／いたずら鬼の話があるよ」（五一頁）というマミリアスの台詞からすると、おそらく前半は「冬」に設定されている。そして前半の台詞には、動植物や、華やかな色彩への言及はきわめて少ない。「自然」の力が示唆されるのは、ハーマイオニの妊娠と出産ぐらいである。こうしたことからも、前半は、リオンティーズの独善的な「物語」が支配する、「自然」が息をひそめた「冬」の状態だと言えよう。リオンティーズの「物語」が「冬の寒さ」をシチリアにもたらし、パーディタやハーマイオニが帰還することで「春」が訪れる、といった劇全体の象徴的構図を読み取ることができる。

後半の劇世界には「春」や「夏」の自然の力が横溢している。まず、季節を冬から春へ、そして夏へと動かすのはオートリカスである。オートリカスは第四幕第三場に登場すると、歌の中でまずスイセンの花(春)、次にヒバリ、ツグミ、カケスの夏の歌に触れる。同場面に登場する「道化」は、羊の毛刈り祭に関連して、砂糖、米、二十四束のブーケ、梨パイの色付け用のサフラン、ナツメグ、ジンジャー、プルーンといった「自然」の恵みに次々と言及していく。ブーケやサフランなど、色彩が豊かなことも春・夏を想起させる。そもそも羊の毛刈り祭は、六月頃、長く伸びた羊の毛を刈る際に行われる季節行事である。そして、第四幕第四場の祭では、パーディタが、ローズマリー、ヘンルーダ、ラベンダー、ミント、セイボリ、マジョラム、マリーゴールドの花々を参加者に配る。この祭りでは、季節に応じて異なる花々を生み出す「自然」の力、そしてそうした「自然」のサイクルの中にいる人間の姿が表現されている。

ここで考慮すべきは、『冬物語』が、「自然」の力(nature)と人の技(art)との伝統的な議論を採り上げていることである(補注**39**も参照のこと)。羊の毛刈り祭において、パーディタは人の技によって掛け合わされたカーネーションや縞ナデシコを嫌い、自然の花を好むが、ポリクシニーズは以下のように述べる。

「自然が作る手段の他に、自然をより良く／する手段などはない。だから自然に／手を加えたとあなたが言う、その人の技もまた、／自然が作ったものなのだ」(一四五—一四六頁)

そして、多くの批評家が指摘してきたように、パーディタ自身のあり方も、自然の力が人の技を含むことの証左となり得ている。彼女は羊飼いである自分が、華やかな衣装をまとい、羊の毛刈り祭の女主人を演じることに抵抗を感じている。しかし、彼女は自分がシチリア王女であるということをわかっていない。彼女が作為的だと思っていた「羊の毛刈り祭の女主人」という役割は、彼女の本質により近かったというわけである。

また、先に挙げた『冬物語』で描かれる「自然」は、当時の上演においてはじつはそのほとんどが人為的に表象されたと思われる。たとえば、ハーマイオニの妊娠は詰め物で、赤子のパーディタは人形であったはずであり、当時、上演の季節が秋・冬であれば毛刈り祭で配られる花々も造花となった(実際に冬に宮廷で上演されたという記録も残っている)。しかしポリクシニーズの主張が正しいのなら、こうした虚構性も、大きな自然の技へと回収されていくことになる。

「自然」の力が人の技を含んでいるという見解は、「自然」が人間をあたたかく包み込んでいるといったイメージに繋がりやすいかもしれない。しかし『冬物語』の自然は緊張感に満ちたものとして扱われていることも確かである。たとえば、第三幕第三場の嵐と「熊」は、水夫たちとアンティゴナスの命をあっけなく奪ってしまい、その合理的説明が為されることはない。パーディタを捨てる手助けをした罰だととることもできるが、ではなぜリオンティーズが最後まで生き残っているのかは不明である。こうした展開からは、「時」、「自然」あるいは神(々)といった超越的存在が紡ぐ「物語」の不条理性を感じさせる。

また、「自然」の力が人の技を含むなら、リオンティーズの妄想物語の創作も自然の力の発現である可能性さえある。そして、次のポーライナの台詞はまさにこうしたことに触れている。

「活字は小さいにもかかわらず、全体は／父親を紙に刷ったかのよう。目、鼻、唇、／父親の眉のひそめ方、額、いいえ、／このくぼみ、あごと頬のかわいいえくぼ、／父親の微笑み、手、爪、指の形も。／この子を生みの父にこんなに似せて作った／自然の女神よ、あなたが心も作るなら、／色の中でも黄色はこの子に入れないで。／父親のように、子供が夫の子かどうか／疑わずにすむように」（八一―八二頁）

「自然」の女神が嫉妬深い心を作るのなら、そうした性向が本人の制御を超えて働くという、人間にとっては不条理な状況が生まれると言えよう。つまり、わたしたち人間は、自分たちが、「自然」や「時」が紡ぐどのような「物語」の中にいるのか、そしてそれはどの程度、自由意志で変更が可能なのか、その内実を知ることができない。シェイクスピアは、『冬物語』において、過去や現在、未来についての不完全な「物語」を紡いで生きる一方で、自分の「物語」の全体像は摑むことができないという人間の不確かなあり方を描いている。こうした人間認識の限界がもっとも破壊的結果を社会にもたらす前半が、「冬」に設定されていることは象徴的である（つまり「ルカによる福音書」二一・三一などが示すように、キリスト教的視野から見れば、現世を「冬」、来世の神の国を「常夏」と見なすこともできるであろう)。

しかし同時に『冬物語』は、これまで見てきたように、こうした厳しい状況を生きるヒントも示している。第五幕においてリオンティーズは、たとえ蓋然性がきわめて低い「物語」であっても、そこにわずかでも希望があるならそれを他者とともに信じることができるようになっており、そもそも「物語」の吟味以上に、「いま・ここ」を生きている実感を他者とともに味わえるようにもなっている。そして観客もこうした感覚を共有するように導かれていた。

これはあたかも、厳しい「冬」を他者と身を寄せ合い、暖を取り、「希望の物語」を語りながら生き抜くかのようである。自分の過去や現在、未来の状況が見えない「冬」であれ「いま・ここ」に生きている自他の存在は「あたたかい」はずであり、わたしたちは「手」を携え(「手」に関しては補注**49**を参照のこと)、互いを信じ合い、「冬」を乗り切ることができる、シェイクスピアの『冬物語』はこう語りかけているように思われる。シェイクスピアは、役者と観客が一堂に会して物語を受容するという演劇の特性を最大限に活かしながら、一つの世界観を示したのである。

＊　＊

『冬物語』の韻文が複雑かつ精緻に書かれていることもあり、全体の訳出作業には当初の想像以上に時間がかかってしまった。はじめは岩波書店の清水愛理さんにお世話になったが、時が流れてしまい、異動されることとなり、新たに古川義子さんにご担当いただくことになった。遅々とした作業をあたたかく見守っていただいたこと、そして多くの貴重なご助言とともに導いていただいたことに心より感謝を申し上げたい。また、この翻訳作業を励ましてくださった喜志哲雄先生と佐々木徹先生、そして支えてくれた家族に深謝し、本解説の筆を擱く。

二〇二二年一二月

桒山智成

冬物語（ふゆものがたり）　シェイクスピア作

2023年2月15日　第1刷発行

訳　者　桒山智成（くわやまともなり）

発行者　坂本政謙

発行所　株式会社　岩波書店
〒101-8002 東京都千代田区一ツ橋 2-5-5
案内 03-5210-4000　営業部 03-5210-4111
文庫編集部 03-5210-4051
https://www.iwanami.co.jp/

印刷・三陽社　カバー・精興社　製本・中永製本

ISBN 978-4-00-372510-8　　Printed in Japan

読書子に寄す

——岩波文庫発刊に際して——

岩波茂雄

真理は万人によって求められることを自ら欲し、芸術は万人によって愛されることを自ら望む。かつては民を愚昧ならしめるために学芸が最も狭き堂宇に閉鎖されたことがあった。今や知識と美とを特権階級の独占より奪い返すことはつねに進取的なる民衆の切実なる要求である。岩波文庫はこの要求に応じそれに励まされて生まれた。それは生命ある不朽の書を少数者の書斎と研究室とより解放して街頭にくまなく立たしめ民衆に伍せしめるであろう。近時大量生産予約出版の流行を見る。その広告宣伝の狂態はしばらくおくも、後代にのこすと誇称する全集がその編集に万全の用意をなしたるか。千古の典籍の翻訳企図に敬虔の態度を欠かざりしか。さらに分売を許さず読者を繋縛して数十冊を強うるがごとき、はたしてその揚言する学芸解放のゆえんなりや。吾人は天下の名士の声に和してこれを推挙するに躊躇するものである。このときにあたって、岩波書店は自己の責務のいよいよ重大なるを思い、従来の方針の徹底を期するため、すでに十数年以前より志して来た計画を慎重審議この際断然実行することにした。吾人は範をかのレクラム文庫にとり、古今東西にわたって文芸・哲学・社会科学・自然科学等種類のいかんを問わず、いやしくも万人の必読すべき真に古典的価値ある書をきわめて簡易なる形式において逐次刊行し、あらゆる人間に須要なる生活向上の資料、生活批判の原理を提供せんと欲する。この文庫は予約出版の方法を排したるがゆえに、読者は自己の欲する時に自己の欲する書物を各個に自由に選択することができる。携帯に便にして価格の低きを最主とするがゆえに、外観を顧みざるも内容に至っては厳選最も力を尽くし、従来の岩波出版物の特色をますます発揮せしめようとする。この計画たるや世間の一時の投機的なるものと異なり、永遠の事業として吾人は微力を傾倒し、あらゆる犠牲を忍んで今後永久に継続発展せしめ、もって文庫の使命を遺憾なく果たさしめることを期する。芸術を愛し知識を求むる士の自ら進んでこの挙に参加し、希望と忠言とを寄せられることは吾人の熱望するところである。その性質上経済的には最も困難多きこの事業にあえて当たらんとする吾人の志を諒として、その達成のため世の読書子とのうるわしき共同を期待する。

昭和二年七月

岩波文庫の最新刊

真鍋昌弘校注

閑吟集

中世末期、一人の世捨人が往時の酒宴の席を偲んで編んだ小歌選集。多彩な表現をとった流行歌謡が見事に配列、当時の世相や風景、人々の感性がうかがえる。

〔黄一二八-一〕 定価一三二〇円

小玉英雄編訳・解説

アインシュタイン 一般相対性理論

アインシュタインが一般相対性理論を着想し、定式化を完了するまでに発表した論文のうち六篇を精選。天才の思考を追体験する。

〔青九三四-三〕 定価七九二円

ヤン・ポトツキ作／畑浩一郎訳

サラゴサ手稿（下）

物語も終盤を迎え、ついにゴメレス一族の隠された歴史とアルフォンソの運命が明かされる。鬼才ポトツキの幻の長篇、初めての全訳、完結！（全三冊）

〔赤N五一九-三〕 定価一一七七円

……今月の重版再開……

尾崎雅嘉著／古川久校訂

百人一首一夕話（上）

定価一一七七円 〔黄二三五-一〕

尾崎雅嘉著／古川久校訂

百人一首一夕話（下）

定価一〇六七円 〔黄二三五-二〕

岩波文庫の最新刊

カール・ポパー著／小河原誠訳

開かれた社会とその敵

第一巻　プラトンの呪縛(上)

ポパーは亡命先で、左右の全体主義と思想的に対決する大著を執筆した。第一巻では、プラトンを徹底的に弾劾、民主主義の基礎を解明していく。（全四冊）〔青N六〇七-一〕　定価一五〇七円

シェイクスピア作／桒山智成訳

冬物語

妻の密通という〈物語〉にふと心とらわれたシチリア王は、猛烈な嫉妬を抱き……。シェイクスピア晩年の傑作を、豊かなリズムを伝える清新な翻訳で味わう。〔赤二〇五-一一〕　定価九三五円

持田叙子編

安岡章太郎短篇集

安岡章太郎（一九二〇－二〇一三）は、戦後日本文学を代表する短篇小説の名手。戦時下での青春の挫折、軍隊での体験、父母への想いをテーマにした十四篇を収録。〔緑二二八-一〕　定価一一〇〇円

……今月の重版再開……

宮崎安貞編録／貝原楽軒刪補／土屋喬雄校訂

農業全書

定価一一六六円〔青三三-一〕

エラスムス著／箕輪三郎訳

平和の訴え

定価七九二円〔青六一二-一〕